懸疑考古探險搜神小說

搜神異寶錄

之 1 黃帝玉璧

婁源霸刀 著

目錄

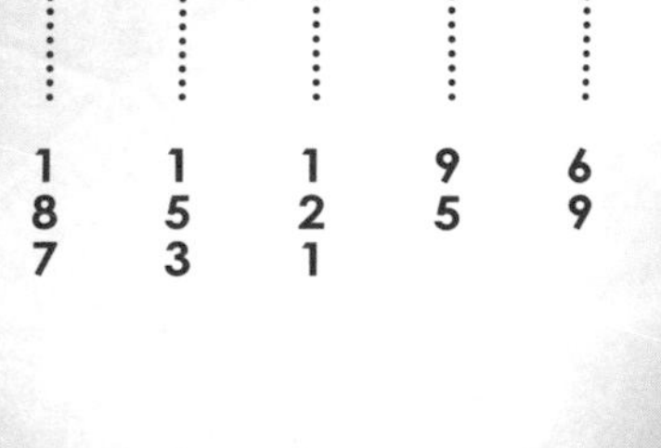

楔子

他打開信，見信只有一頁紙，上面寫著：
「昌元兄，可否尋找黃帝玉璧的下落？
切勿不可落入野心人之手。」
落款時間是民國三年，苗君儒驚呆了。
他吃驚的是信中所提到的黃帝玉璧。
還有就是民國三年的時候，
袁世凱是大總統，正醞釀著當皇帝呢。

民國十六年，西元一九二八年。

蔣介石聯合桂、閻、馮三個派系的軍閥北伐奉系取得勝利後，將北京改為北平，決定在北平西山碧雲寺為孫中山舉行祭靈盛典，召集國民黨軍政要員、各集團軍總司令、總指揮，都到北平參加盛典。時間定在七月六日上午八時二十分。

作為北大最年輕的知名教授，苗君儒也在受邀請參加祭典的人員之內，他對政治不感興趣，只專於他的考古研究，前段時間，他把一篇關於北京周邊地區有可能存在五十萬年前古代猿人的文章，發表在美國一家專業的雜誌上，在國內外引起了很大的迴響。一名北大地質系畢業的學生裴文中，對他的這篇文章非常感興趣，找到他後，表示要追隨他，一起找到證明古代猿人生活過的有力證據。

北京和北平雖一字之差，但在那些政客們的眼裏，可完全不同，那是確定了政治方向的問題。

碧雲寺位於北京海澱區香山公園北側，寺院坐西朝東，依山勢而建造。

該寺始建於元朝至順二年，元丞相耶律楚材之後裔耶律阿吉捨宅為寺，初名碧雲庵，後改碧雲寺。明清兩代均有擴建。明正德年間太監于徑看中了這塊風水寶地，大興土木，為第一次擴建，並在寺後為自己修建墳墓。嘉靖初年于徑獲罪，不能在此處葬身。天啟年間太監魏忠賢又擴建廟宇，再次建墳，準備死後葬此。崇禎初年，魏忠賢自縊後被戮屍，也不能再葬於此。魏忠賢的黨羽葛九思，一六四四年隨清軍入京，將魏之衣冠葬在墓中，成為魏的衣冠塚。直到康熙四十年，江南道監察御史奉命巡視西山時，初以為是前朝皇帝陵寢，後來知道是魏墳，遂於五月十二日上奏，二十二日詔平其墳。乾隆十三年，對寺宇重加修葺，並按西僧所貢奉的圖樣，建起了金剛寶座塔，同時新建了行宮和羅漢堂。

碧雲寺山門前有石橋一座，緊靠山門是一對石獅子，蹲坐於須彌座上，身軀瘦長，威武如生。石獅為魏忠賢所造。山門迎面是哼哈二將殿。殿坐西朝東，面闊三間，歇山灰瓦頂，簷下飾有斗拱。這座院落的正殿是彌勒佛殿，原有四大天王像毀於北洋軍閥時期，現殿內只剩下彌勒佛像。殿前設有月台，台上矗立八稜經幢二座，上面遍刻經咒。

寺廟大雄寶殿正中供奉釋迦牟尼坐像，左有迦葉尊者和文殊菩薩，右有阿難尊者和普賢菩薩。大殿後有八角形碑亭，碑亭內立有乾隆御筆親書石碑，記述了乾隆十二至十四年間重修碧雲寺的情況。

第三進院落以菩薩殿為主體，面闊三間，歇山大脊，前出廊，簷下裝飾有斗拱，匾額上為乾隆御筆「靜演三車」。院內古樹參天，枝葉繁茂。其中娑羅樹最為珍貴，此樹原產自印度，樹頂像曲傘，枝幹盤曲，葉片長圓，形狀恰似棗核，每叉有五葉或七葉，故又稱為「七葉樹」。佛祖釋迦牟尼是在娑羅樹下寂滅的，因而成為佛門之寶。

據說在「七葉樹」下有一道密室，裏面放著佛門至寶「金剛舍利子」，是佛祖釋迦牟尼涅槃後留下的最大一顆舍利子。

沒有人知道這「金剛舍利子」是怎麼來到寺院中的，這也許是永遠的謎。前來拜佛的有緣人，曾目睹「七葉樹」放射七彩佛光，樹頂端坐著佛祖法相。有關「金剛舍利子」的諸多傳說，也是世人皆知。

離「七葉樹」沒多遠的是金剛寶座塔，這金剛寶座塔高三四七米，分塔基、寶座、塔身三層。塔基呈方形，磚石結構，外以虎皮石包砌，台基兩側有石雕護欄。塔身全部為琢磨過的漢白三石砌成，四邊還雕刻有藏傳喇嘛教的傳統佛像。塔基正中開券洞，券洞兩旁雕有佛像和獸頭形紋飾，券洞上額匾書「燈在菩提」。券門內登石階可至最上層寶座頂，寶座上有七座石塔：一座屋形方塔，一座圓形喇嘛塔，其後有五座十三層密簷方塔，中央一大塔，四隅各有一小塔。這是一種獨特的建築形式，是曼陀羅的一種變體。曼陀羅是梵語譯音，意為「壇城」，後來演變成象徵性圖案。按藏傳佛教之意，井字中央是須彌山，四周分佈水、陸、山、佛。五座佛塔基座均為須彌座，塔肚四面刻佛像。塔肚之上用十三層相輪組成塔頸，最後為銅質塔剎。塔剎中央鑄有八卦，四周垂有花縵。塔剎上端又立一小塔，上有「眼光門」，門內有佛。主塔後植有一株蒼勁古松。整個金剛寶座塔佈滿了大小佛像、天王、龍鳳獅象和雲紋等精緻浮雕，皆根據西藏地區傳統雕像而刻造。

孫中山先生去世後，遺體就放在這塔中。從此封住塔門，日夜有士兵把守，外人無法接近，直至今日開啟塔門，迎出先生遺體供人瞻仰，不日即運往南京紫金山。

祭典結束後，軍政大員們被那些社會名流簇擁著，魚貫地出了碧雲寺，上了早已經停在寺院門口的車子，揚塵而去。

苗君儒並沒有隨那些人上車，而是叫了一輛黃包車，對車夫說道：「到閬風亭！」

「好咧！」車夫見他上了車，拉起車就走。

北伐軍進城後，釋放了一大批被關押的政治犯，其中就有苗君儒的幾個同學，他們是在一九一九年「五四運動」時被當局抓進去，這一關就是十年。幾天前他們在城內的一個小酒館內喝酒慶祝重生，言談之間，有頗多感慨。聽說幾天後在碧雲寺有一場盛大的祭典，一個叫黃森勃的同學低聲在他耳邊約他那天在閬風亭見面，說是有很重要的事情要告訴他，言語間顯得很神秘。

從碧雲寺到閬風亭，路途並不遠，一路大多是下坡，車夫也很省力。

從閬風亭向西直上，可見一巨大的懸崖峭壁，那就是著名的景觀「森玉笏」，說是當年乾隆皇帝看它像朝臣手中的笏板，故賜此名。森玉笏三個大字刻在石壁上，字體遒勁有力。

離閬風亭還有一段距離的時候，突然從路邊的樹林內衝出一個渾身是血的人來，那人衝到黃包車前，險些與車夫撞上。

苗君儒已經看清那個人，就是和他約好在閬風亭見面的黃森勃，他跳下車，扶住黃森勃問：「你怎麼啦？」

黃森勃的身上中了好幾刀，傷口在流血，他看清面前的人是苗君儒，忙將手中的包袱塞到他的手裏，說道：「快走，他們要追來了，事關重大，三天後的中午在大鐘寺門口，去見一個穿紅色旗袍的小姐！」

苗君儒手裏拿著的是一個花布包袱，包袱裏不知是什麼東西，但是一看黃森勃的神色，顯然不是平常之物。

「快走，」黃森勃痛苦地說道：「不要讓東西落在他們的手裏！」

他說完往另一個方向跑去了。樹林內傳來紛雜的腳步聲，那些追來的人已經越來越近。

苗君儒上了車，對車夫說道：「快走！」

車夫疑惑地望了黃森勃的背影一眼，邁開大步，向山下跑去。

坐在車上，苗君儒掂著手裏的包袱，包袱並不重，好像裝的東西也不多，他想起黃森勃剛才的樣子，一個坐了十年牢剛出來的人，會有什麼珍貴的東西呢？那些追上來的人，到底是什麼人呢？

他打開包袱看到一封信，一看那信封上的字，認出是老師潘家銘的筆跡。

他打開信，見信只有一頁紙，上面寫著：「昌元兄，可否尋找黃帝玉璧的下落？切勿不可落入野心人之手。」

落款時間是民國三年。

苗君儒驚呆了，他吃驚的不是潘老師給這個人寫信，而是信中提到的黃帝玉璧。還有就是民國三年的時候，袁世凱是大總統，正醞釀著當皇帝呢。

有關黃帝玉璧的傳說，民間有許許多多。但是毫無例外地，都說擁有這塊玉璧的人，將具有神奇的力量，獲得民心擁有天下。

黃帝大戰蚩尤的時候，之所以能夠打敗蚩尤，是因為這塊玉璧給了他神奇的力量。自從那以後，這塊玉璧流落到民間，失去了蹤跡。後來又數次在歷史中出現，每一次都成就一代帝王。

秦始皇、劉邦、李世民、趙匡胤等人，能夠打敗對手成就大業，據說都與這塊黃帝玉璧有關。

就連一個乞丐，在要飯的途中，於一個破廟裏，從一個老和尚的手裏得到了這塊玉璧，結果開創了大明王朝。

這塊玉璧的神奇之處，舉不勝舉。自然成了野心家們爭奪的目標。

玉璧的每一次出現，都會給人類帶來空前的災難，在血雨腥風中完成一次歷史的變更。

作為考古學家，苗君儒以前也聽老師說起過，但那些只是流傳在民間的傳說，實在找不到有力的證據證明這樣東西的存在。

苗君儒的臉色已經變了，想不到傳說中的黃帝玉璧居然真有其物，看這信中的語氣，老師顯然已經得到了相關的線索，要那個叫昌元的人幫忙尋找。

黃包車轉過一道彎，看到前面軍警林立，正嚴格地盤查每一個下山的人。

「先生，怎麼辦？」車夫扭過頭去問，卻見車上已經沒有了人影，座位上放著兩塊大洋，車上的人是怎麼下車的，他居然半點都沒有覺察到。

這時，苗君儒已經走在了一條通往山下的小道中。

第一章

金剛舍利子

苗君儒道：「你懷疑我殺了人，拿走金剛舍利子？」
梅國龍道：「苗教授，你可能不知道，
金剛舍利子被日光一照，就會使其法力大打折扣，
一般是裝在木頭盒子裏，越古老的盒子越好！」
苗君儒暗驚，黃森勃給他的那個盒子，
莫不是去裝金剛舍利子的，可是舍利子呢？

搜神異寶錄

苗君儒對香山的地形還是很熟悉的，上大學的時候，經常和同學來這裏玩，有時候在山上的亭子裏過夜，他看到前面的路上有那些軍警攔路查人的時候，就輕輕一躍下了車。他練過功夫，身法極快，以至於他逃下路邊的樹叢中，車夫都沒有發現。

回到學校後，他進了自己的宿舍，關緊了門，壓抑著心頭的驚惶，打開了包袱。除了那封信之外，還有一個朱紅色的木頭盒子。

盒子並不大，也就一尺見方，顯得古色古香，盒子上雕刻的花紋是戰國時期楚國特有飛虎雲騰紋，他仔細觀察了一下，確定這個盒子不是後人仿製的。讓他更為吃驚的是盒子上的那四個字，是四個「蟲書」篆體的黑字：玉兮寶兮。

戰國時期藺相如完璧歸趙的故事，早已經婦孺皆知，可是誰又知道，當年藺相如用來裝「和氏璧」的那個盒子，上面刻著的正是這四個字。

「和氏璧」最終歸還了趙國，但卻在後來的歷史戰亂中失去了下落，當年裝「和氏璧」的盒子自然也就沒有人關心。

苗君儒越看越吃驚，這個盒子是裝「和氏璧」的，那麼，「和氏璧」與黃帝玉璧又有什麼淵源呢？

他打開盒子，見裏面空空的，什麼東西也沒有。就這樣的一個空盒子，加上那封信，竟讓一個剛出獄的人甘心為之送命，為的是什麼？

他想來想去也想不懂。

收好這些東西，他正要出門，卻聽到有人敲門的聲音，開門一看，見是廖清。

廖清是他的同班同學，都是學考古的，在日漸接觸中產生了感情，兩人在畢業後都留校當了助教。他有兩個心願，第一就是潛心研究考古學，另一個心願就是把這位考古系的美女娶到手。

他為了尋找古老羌族那果王朝的證據，多次到雲南和貴州一些蠻荒部落，尋找傳說中的萬璃靈玉，一來一往，數次推遲了他和廖清的婚期。幾年前，當他從陝西考古回來，得知廖清嫁給了他的另一個同學程鵬，那一刻，就像有人當頭給了他一悶棍，他驚呆了，將自己鎖在房間裏灌醉了幾次後，出來如同變了一個人。他發誓終身不再娶妻，潛心研究考古。他給他們送去了從雲南帶回來的銀飾同心結，衷心地祝願他們白頭偕老。

半年後，廖清生下了一個兒子，取名程雪天。在同年，由於他的工作突出，由助教升為講師。

他和廖清同在一個系裏，有時候經常遇見，一見到她，他就有一種揪心的痛，那種痛是刻骨銘心的，但是不能表現出來，他只有默默地望她一眼，那一眼，包含了他無盡的愧疚與思念。

他儘量避免見到她，可是她何嘗看不出來呢？

三年前的那個晚上，她找到了他，向他講述了她的苦衷，這個時候他才明白過來，原來在他出外考古的期間，程鵬趁虛而入，以同學的身分關心她，並在一個風雨之夜強行姦汙了她，已是破璧的她自覺對不起他，在程鵬的軟施硬磨下委身下嫁。

那天晚上，他們兩人都哭著，一年多來的感情壓抑找到了宣洩點，在痛痛快快地哭完之後，他們倆越過了道德的防線。

這件事後來最終被程鵬知道了，沒有吵鬧，沒有爭執，他帶著三歲大的兒子去了美國。那時，廖清已經身懷六甲。

沒有多久，廖清生下一個女兒，取名程雪梅。雖然程鵬去了美國，但是兩人並沒有離婚，所以在外人的眼裏，她仍然是程太太。

從那以後，兩個人都保持著彼此的拘謹，雖然相愛卻無法在一起，社會道德的枷鎖已經無情地將他們鎖住了。

「哦，是你！」苗君儒望著廖清，她仍然那麼清秀，那麼充滿魅力。沒有特殊的事情，廖清是不會來宿舍找他的。

「潘家銘教授死了，」廖清的神色很驚慌，「聽說是自殺的，可是我今天中午看到兩個男人從他的房間出來。」

潘家銘教授是他們倆的導師，年輕的時候在西歐留學，是北大最有名望的教授之一，對民間神話傳說與古代現實歷史的論證方面，有很深的研究，他最早提出女媧在中國的古代確有其人，只是與傳說有很大的出入。也就是他，告訴了他的學生有關黃帝玉璧的故事。他深信，具有神奇力量的黃帝玉璧確實存在，多年來，他潛心於這方面的研究，據說好像找到了相關的線索。

如果潘家銘教授遲死或晚死，苗君儒都不會感到那麼吃驚，可偏偏就在這個時候。

國內對黃帝玉璧深有研究的，僅此一人，苗君儒正要去找他，請教有關黃帝玉璧的事情，為什麼他會在這個節骨眼上自殺呢？

那兩個去找他的人究竟是什麼人，是不是怕他洩露了秘密而殺人滅口？從黃森勃到潘家銘，都和黃帝玉璧有關係，看來，那些想得到這塊玉璧的人已經暗中行動了。

「你在想什麼？」廖清見苗君儒出神，連忙問。

「沒什麼，」苗君儒醒悟過來，「是什麼時候發生的事？」

「就剛才，我下課的時候聽到其他的老師在議論，跑去一看，見那裏還有員警，」廖清進屋，從身上拿出一封信來，接著說道：「這是昨天潘教授交給我的，說是如果他出了什麼事，就把信交給你，沒想到真的出事了！」

苗君儒接過信，打開一看，見信紙上一個字也沒有。

「我也看過了，沒有一個字，」廖清說道。

苗君儒拿著信鋪在桌子上，從旁邊拿過瓶子，用瓶子裏的水滴在紙上，然後用小毛刷刷開。這種顯影法在考古時經常用到，瓶子裏裝的是一種酸性的藥水。潘教授在寫這封信的時候，用的是無色的鹼性水，酸鹼一中和，字跡就出來了。

紙上漸漸出現了幾行字：

事關重大，黃帝玉璧絕不能落到那些人的手裏，你去重慶玉風軒找王老闆，他會告訴你怎麼做。告訴他，要想成功，必須置於死地而後生。

這把鑰匙是我年輕的時候，從一個姓梅的風水師那裏得來的，他對我說了關於黃帝玉璧的事情，也許這把鑰匙對你有用。

字跡漸漸淡去，變成了一張真正的白紙。

信封裏面還有東西，他倒出來一看，見是一柄造型奇怪的東西，有些像古代的鑰匙，但是製作工藝要複雜得多。粗看上去，倒像是一件製作精美的古代藝術品。

「你要去重慶？」廖清問。

苗君儒望著桌子上的白紙，「不管怎麼樣，我想去一趟，這件事你千萬不要對任何人提起。」

就算苗君儒不說，廖清也不會輕易對任何人說的，她怯怯地問：「黃帝玉璧真的存在嗎？」

苗君儒笑了一下，「只有當我見到了，才能肯定它是存在的！我不在的時候，請你幫忙照顧一下永健！」

他身邊還有個義子苗永健，是他幾年前去陝西考古的途中，從一夥土匪手裏救下來的。

「那我走了，你要小心點！」廖清走出房門的時候，不忘回頭望一眼，關切之情溢於言表。

苗君儒送廖清出門，他警覺地朝四周看了看，離他不遠的地方，有一個老頭佝僂著身子正一下一下地掃著地，幾個學生捧著書本匆匆忙忙往教學樓那邊而去，除此之外，並沒有看到陌生的人。

這一切都顯得那麼的平靜，但是他的心裏，卻怎麼也平靜不起來。

廖清離開後沒有多久，苗君儒把那盒子和那封信用一個袋子裝起來，藏到書櫃裏。

這時，門外又傳來敲門聲，他打開門一看，見是一個濃眉大眼，穿著西裝的年輕人。

「苗老師，」那人朝他拱了一下手，低聲說道：「我可以進去嗎？」

苗君儒認出是潘教授半年前介紹給他認識過的一個人，叫盛振甲。他後來幾次見到盛振甲和潘教授在一起，好像兩人的關係不同一般。他也和盛振甲接觸過幾次，覺得此人胸中似乎充滿著常人無法相比的雄才大略，對時政和軍事都頗有心得，而且對考古學也非常喜愛。

進門後，盛振甲低聲道：「潘教授死了！」

「我知道，」苗君儒說道：「你來找我有什麼事嗎？」

「你是他的得意門生，應該知道他不是自殺的，」盛振甲低聲道：「他是被人逼死的！」

「警察局的人已經來過了，」苗君儒不動聲色地說道：「是不是被人逼死，我也不知道，你這麼晚來找我有什麼事嗎？」

盛振甲的臉上隱約出現一抹失望的神色，說道：「這件事和你有很大的關係，你可要注意身邊的人，有人已經盯上你了。」

他說完，便急忙出門，消失在黑暗中。

苗君儒關上門，尋思著盛振甲說的話，好像在警告他什麼。他雖然和盛振甲接觸過幾次，但一直不知道對方是什麼身分。

三天後，他提著袋子來到大鐘寺。

站在寺院的門口，他並沒有進去。兩年前，他認識了寺裏的一個叫妙安的和尚，兩人挺投緣的，在交談中，他發覺妙安博古通今，知識面之廣完全出乎他的預料。只要有時間，他會來找妙安請教一些有關佛學的歷史問題。前不久，寺院裏的老住持坐化，深受眾僧敬仰的妙安成了住持。

幾年後，苗君儒捲入一場西夏寶藏的爭奪中，得到了妙安法師的大力幫助，最終擺脫生死浩劫。（此事相關請見後續出版的《稀世奇珍》、《黃金玉棺》）

他看看日頭，已經過了正午，並沒有見到一個穿紅色旗袍的小姐，來往的香客，也沒有一個穿紅色旗袍的女人。

門口的小沙彌見苗君儒站在那裏這麼久，上前雙手合什，「請問施主是否在等一位穿紅色旗袍的女施主？」

「是呀，你怎麼知道？」苗君儒問。

小沙彌說道：「在施主沒來之前，有一位穿著紅色旗袍的女施主，要我留意在門口等人的人，說是如果遇到一位等穿紅色旗袍女施主的人，就把這張字條交給他！」

小沙彌說完，拿出一張紙條，遞給苗君儒。紙條上有一行娟秀的女性筆跡：「前門大柵欄小力胡同三號泉升樓，找小紅。」

苗君儒雖然沒有去過煙花柳巷，但畢竟在北平待了這麼久，對於像小力胡同這樣的老北京特色之處，還是早有所聞。

小力胡同原名小李紗帽胡同，是老北京「八大胡同」之一，妓院幾乎一家挨一家。

想不到他要等的人，居然是一個青樓小姐。

這個叫小紅的人，為什麼不來這裏等他，而要叫他去那種地方見面呢？對於他這種身分的人，出入那樣的地方確實有所顧忌，想想袋子裏的東西，也就顧不了那麼多了，他叫了一輛黃包車，直奔小力胡同。

來到小力胡同，見胡同並不長，也不寬，走進去沒幾步，就看到幾個抹著胭脂香粉，打扮得很風騷的女人，站在門口招呼著：「大爺，要不要進來喝杯茶？」

他不敢朝那些女人看，只顧看兩邊的門楣，一不小心碰到一個從裏面急急走出來的男人，忙說道：「對不起！」

那男人也不回頭，只把頭上的禮帽往下蓋了蓋。來這種地方的男人，都怕被熟人認出，那種下意識遮掩的動作，也是習以為常的。

苗君儒朝那人看了一眼，只見他右臉下方有一小塊紅斑。那人走出胡同口，轉眼就不見了。

他往前走不了多遠，看到一棟青磚綠瓦的兩層小樓，大門門楣上面有一塊匾額，匾額上面寫著「泉升樓」三個字，字體飄逸灑脫，一看便知出自名家之手。舊時很多名流雅士、豪門權貴多出入這樣的煙花場所，留下這樣的字跡，也不足為奇。

門楣的下方是券式拱形門，邊上是異常精美的磚雕，圖案都是描述古代男歡女愛的。

「大爺，您來了，進裏面坐坐，讓我陪陪您！」一個風姿綽約的女人靠上前來。

苗君儒閃到一邊，有些窘迫地說道：「我……我是來找小紅的！」

「原來是相好的，」那女人撇了一下嘴，朝裏面喊道：「小紅，有客人了！」

一個穿著青色長衫的中年人從裏面應聲出來，朝苗君儒施了一個禮，說道：「大爺，您是來找小紅的？」

苗君儒點頭。

「請跟我來，」那男人說著，在前面帶路。

進得院裏，見小院不大，但花卉魚池一樣也不缺，花盆裏的花品種繁多，有幾株開得正豔，魚池旁邊坐著一對男女，情意綿綿的樣子，正掰著手中的饅頭屑，餵池子裏的金魚。

這根本不像是個煙花之地，倒像是家境嚴實人家的後花園，池子邊的那一對男女，也不似妓女與嫖客，倒更像一對熱戀中的情侶。

那男人將苗君儒帶上了二樓，來到一間門口掛著小紅兩個字牌子的房前，用手在門上敲了敲，叫道：「小紅，有客人來了！」

過了半响，不見小紅來開門。

那男人罵起來：「這個小妮子，剛剛接了一個客，就又給我擺臉了，看我以後怎麼收拾你？」

這種煙花女子，迫於生計，每天應付著各種各樣的男人，當她們笑臉對著男人的時候，有誰知道她們的笑臉背後，有多少心酸和苦楚呢？

聽著隔壁房間內傳來的女人呻吟，苗君儒有些面紅耳赤，後悔來這種地方了。

又等了一會兒，還是不見有人來開門，那男人有些火了，用力擂起門來。像這樣大聲的擂門，裏面的人就是性子再好，也會坐不住起身開門的。

「媽的！老子今天不打你一頓出出氣，我他媽的就是你的龜孫子！」男人火冒三丈，用腳開始踹門。

聽了男人的話，苗君儒有些好笑，按古代沿襲下來的青樓叫法，這傢伙本來就是龜公。

那男人一腳把門踹開，怒氣沖沖地衝了進去，苗君儒正要跟著進去，卻聽到那男人的一聲驚叫「媽呀！」

「死人啦，死人啦！」那個男人大叫著跑出去。

苗君儒進門一看，見一張雕花青幔小床上，躺著一個穿著紅色旗袍的女人，那女人長得有幾分姿色，可惜已經死了。

一條灰色的腰帶就纏繞在她的脖子上，她的舌頭伸出很長，面色青紫，眼睛大睜著，隱含著一絲困惑與憤怒。

屋子裏有翻動過的痕跡，殺死她的人好像是在找什麼東西。在她的手上，抓著一把頭髮，那頭髮上還有血，應該是從殺她的人頭上扯下來的。人已經死了，留在這裏也無用，苗君儒轉身就走，出門的時候，看到掛在門背有一件男人的青布短褂。

青樓女子留有男人的東西，並不足為怪，奇怪的是苗君儒從衣袖的一個小洞上，認出這件衣服是黃森勃的。那是黃森勃出獄後沒有多久，他看到黃森勃身上的衣服實在太寒酸，硬拉著黃森勃到裁縫店裏做一件長衫，可是黃森勃卻看中這件短褂，拿下來一穿，挺合身的，當場就要了。幾天後那幾個出獄的同學聚了一次，聚會的時候，一個抽煙的同學酒醉後不小心，給這件新衣服的右邊袖子上燒了一個洞。

他拿下了衣服，挽在手裏，迅速來到樓下，見那個龜公領著兩個員警往樓上趕。他急忙出了門，離開這煙花之地。

回到學校後，苗君儒把那個盒子和信都藏了起來，到現在為止，除了他和廖清外，和這件事有關的人都死了，兇手不僅僅是殺人滅口那麼簡單，好像也在找什麼東西。

他看著帶回來的這件衣服冥思起來，從這件衣服上可以看出，黃森勃和那個叫小紅的姑娘，有著非同一般的關係，叫他把包袱裏的東西轉交給小紅，也是事先做了安排的。

那些殺黃森勃的人，一定也知道了兩人之間的關係，所以在殺了黃森勃之後，很快找到了小紅，小紅興許知道了自身的危險，才留下紙條要他去那裏，誰料想卻被別人先了一步殺人滅口。

他越想越覺得這件事有點奇怪，那些人殺了黃森勃和小紅，肯定是為了包袱裏的那兩樣東西，在東西還沒有找到的情況下，冒然將人殺死，豈不是犯了大忌？那樣一來，東西就更加找不到了。

除非那些殺他們的人，是不想別人從他們兩個人的身上得到那些東西的下落。

也許殺潘教授的人，也是那夥人，那夥人究竟是什麼人呢？為什麼要那麼做？

正想著，他的手無意間摸到衣服的袋子裏，從裏面掏出一樣東西來，是一枚白玉扳指，玉色溫潤剔透，是上等的新疆和田玉，這種玉扳指屬名貴之物，一般的人絕不可能擁有。一個出獄後連衣服都買不起的人，怎麼會有這麼貴重的東西呢？

不過也有一種可能，那就是小紅的客人送的。有些嫖客為了得到青樓女子的青睞，出手是很大方的。就算是小紅的客人送的，可是她為什麼單獨要將這枚玉扳指放在衣服裏，而又把衣服掛在門背後呢？

青樓女子一般都把客人送的貴重東西，用盒子裝一起，放在隱秘的地方。把男人的衣服掛在門背後，也是不合情理的。雖說也有客人在完事後把衣服落在青樓女子那裏，一般的情況下，就是再好的關係，青樓女子都會把男人的衣服收好，放在別人看不到的地方，以免被其他的客人看到後影響情趣。

小紅留紙條給他，讓他去找她，莫非就已經有所暗示。也許黃森勃事先就已經告訴了小紅，說把東西轉給他的人是一個同學。要好的同學之間，自然認得彼此穿過的衣服，小紅在接待那個殺她的客人時，預感到情況不對，便故意將衣服掛在門背，放進了一件至關重要的東西。

他拿著玉扳指，左右看著，終於在扳指的內側，發現了一個繁體的「劉」字。

猛地，他想起了幾個月前見過的一個人，北伐軍沒有打進北平城之前的偽政府市長劉顯中，這個又矮又胖的傢伙，油光滿面的臉上時刻洋溢著虛偽的笑容，無論在什麼場合，都不忘擺弄手上的白玉扳指，說是他花了兩千現大洋買的一個羊脂玉，叫人打琢成這個扳指，為了防止失落，還特地在內側刻了一個繁體的「劉」字。

北伐軍進城後，聽說劉顯中到南京去當了一個什麼官。人走了，扳指為什麼要留下？那可是他至愛的東西呀！

堂堂市長至愛的東西，怎麼會到了一個青樓女子的手裏？難道劉顯中也跟這件事扯上了關係？可是現在他人已經去了他處，北平現在是新政府，已經沒有了舊政府的勢力。

但是不排除他暗中派人潛伏了下來，這枚玉扳指，或許是他們那些人的一個信物。若照劉顯中所說的話，這扳指的玉應該是新玉才對，可是無論他怎麼看，都像是上千年的古玉。只是裏面的「劉」字，倒像剛刻上去沒有多久。

為什麼會這樣呢？

想了一會兒，他把玉扳指放在口袋裏，貼身藏好，也許在一定的場合下，這東西有用。

現在他的課不多，可以要廖清幫忙帶著上，他想去一趟重慶，找那個潘教授要他去見的人。不管傳說中的東西是真是假，他都想弄明白這件事。

離開宿舍後，他沿著林蔭小路，往廖清的宿舍那邊走去，想去交代一些事情，走到一棟紅磚房的宿舍前，見路邊站了幾個神色委瑣的男人，盯著那棟樓裏出入的每一個人。

潘教授的宿舍就在這裏。苗君儒朝那幾個人走過去，自從潘教授死後，就不時有陌生人在這裏轉來轉去，也不知道是為了什麼。

遠遠地，他看到廖清陪著一個中年警官朝這邊走過來，那幾個人朝那邊望了一眼，急忙走開了。苗君儒迎上前去，對廖清說道：「廖老師，我正想找你有點事呢！」

「苗老師，」廖清介紹說：「這位是警察局的梅國龍科長，他想找你瞭解一些事情！」

「哦，」苗君儒和梅國龍禮節性的握了一下手，見對方的年紀和他差不多，一張剛毅的臉孔上充滿著幹練和自信。

「苗教授，我想和你單獨談一下，」梅國龍說道。

「那你們談吧。」廖清說完轉身離開。

梅國龍望了一眼遠處在樹蔭下徘徊的那幾個人，說道：「你看到那幾個人了吧？自從潘教授自殺後，他們就守在這裏！」

「他們是什麼人？」苗君儒問。

梅國龍說道：「我們惹不起的，我和他們向來井水不犯河水。」

「可是你好像已經犯了，」苗君儒說道。

梅國龍笑了一下，看了看周圍，說道：「我們去你住的地方談吧？」

天色漸漸暗了下來，苗君儒領著梅國龍，沿著另一條路，來到宿舍裏，進門後，拉亮了電燈，把房門關上。

苗君儒正要招呼梅國龍坐下來，卻見對方的神色凝重起來，說道：「苗教授，我們還是進裏面談吧？」

裏面是他的書房兼臥室，那個裝著信封和盒子的袋子，就放在書架上那些書的後面。

進了房間，兩人分頭坐下，梅國龍把說話的聲音壓得很低，「潘教授自殺的時候，你在哪裏？」

「我去參加西山的祭典了，」苗君儒說道：「我懷疑潘教授是被人殺的，他身體好好的，怎麼會自殺？」

「他是自殺的，我看過現場，」梅國龍說道：「你是他最得意的學生，他之前沒有向你透漏點什麼嗎？」

「透漏什麼？」苗君儒問。

梅國龍換了一個話題，說道：「就在你參加西山祭典的時候，知不知道上面發生了什麼事情？」

苗君儒搖頭，「參加完祭典我就下山了，下山的時候看到有很多軍警設關卡，好像在查什麼。」

梅國龍說道：「就在孫先生的棺柩被抬出來的時候，有人發現放在旁邊玻璃金罩裏的金剛舍利子不見了！」

「你說什麼，金剛舍利子？」苗君儒一愣。

「是的，」梅國龍說道：「孫先生遺體安厝於西山碧雲寺內石塔中，而傳說中的金剛舍利子也放在那裏面。那天上午，當石塔的券門打開後，內室裏的燈突然滅了，裏面一團漆黑，十幾分鐘後查明是線路故障。等燈亮起來的時候，大家發現放在旁邊的金剛舍利子不見了，這前後不過十幾分鐘，當時在孫先生遺體旁邊的，並沒有外人。事後據守衛棺柩的人說，燈黑的時候，他們感覺有一陣風經過身邊，好像有人走過。可是事實上，燈黑的時候，所有的人都站在原地，一動也沒動，門口的守衛也不讓任何人進去……」

苗君儒問，「你對我說這些是什麼意思？」

「請聽我把話說完，」梅國龍接著說道：「此前有人聽到石塔旁邊的假山後面傳來打鬥聲，警衛聞聲衝過去的時候，卻沒有見到一個人。事後，我們也在孫先生的靈柩前發現了兩行外人的腳印。」

苗君儒問，「你怎麼知道那兩行腳印是外人的？」

梅國龍說道：「裏外的人穿的都是皮鞋，只有那一行腳印是布鞋！那個人一定是在他們開棺的時候，趁機弄斷了外面的線路下的手。我們在棺柩的旁邊發現了一朵小白花，懷疑是江湖巨盜劉白下的手，以前他作案之後，都留下一朵小白花。我查過了，劉白在兩年前入獄，卻在北伐軍進城的時候出獄失蹤了。」

苗君儒沒想到竟然發生了這樣的事，他問道：「那個人為什麼要在那個時候偷走金剛舍利子？」

「為了一件傳說中的寶物，石塔的門一直都是緊閉的，只有那個時候才開啟。」梅國龍說道：「你是潘教授的學生，不可能不知道黃帝玉璧吧？」

「黃帝玉璧？」苗君儒又是一愣，「我聽潘老師說過，但是我們都不相信這塊玉璧的存在。」

「如果玉璧真的不存在，潘教授就不會自殺了，」梅國龍說道：「他選擇了自殺，就是為了讓那些人死心。」

「什麼人？」苗君儒問，他的話剛說完，電燈就滅了。恍惚間，感覺窗外有人影一晃，梅國龍快速追出去，沒多久又回來了，坐下說道：「怪事，好像看到有人的！」

「可能是我們眼花吧，」苗君儒說道，他點燃了美孚燈，把光線調大。

梅國龍說道：「說不定他們已經盯上你了！」

苗君儒笑道：「盯上我有什麼用？我一直對潘老師研究的那些東西不感興趣。」

「因為你是知道這件事的最佳人選，」梅國龍說道：「在祭典的當天，我們在閬風亭西北方向的山林中，發現了一具被刀砍得面目全非的屍體，恰恰有人看到你從那條路下來。」

「哦，」苗君儒笑道：「你懷疑我殺了那個人，拿走了金剛舍利子？」

梅國龍笑起來，「苗教授，你可能不知道，金剛舍利子不能見日光的，被日光一照，就會使其法力大打折扣，一般的情況下，是裝在木頭盒子裏，越古老的盒子越好！」

苗君儒暗驚，黃森勃給他的那個盒子，莫不是去裝金剛舍利子的，可是舍利子呢？他問：「你剛才說金剛舍利子和黃帝玉璧有關係，到底是什麼關係呢？」

梅國龍說道：「據說要想找到黃帝玉璧，必須先找到三樣東西，其中之一就是那顆金剛舍利子。」

苗君儒說道：「你知道的事情還不少，你來找我，就是為了想告訴我這些？」

梅國龍認真地望著苗君儒：「我想得到你的幫助！」

苗君儒問：「你要我幫你做什麼？」

「找到傳說中的黃帝玉璧，」梅國龍說道，「今天晚上，我帶你去一個地方！見一個與黃帝玉璧有關的人。」

夜晚的什剎海，顯得更加的幽靜。

苗君儒望著那一長溜黑暗籠罩下的宮牆，不解地望著身邊的梅國龍。

這裏是前清的恭王府，恭王府又名翠錦園，建於一七七七年，曾為清乾隆時大學士和珅私宅，嘉慶四年（一七九九年）和珅因罪賜死，一度改為慶王府。咸豐元年（一八五一年）改賜道光皇帝第六子恭親王奕訢，始稱恭王府。恭親王調集百名能工巧匠融江南園林與北方建築格局為一體，滙西洋建築及中國古典園林建築為一園，添置山石林木，彩畫斑爛，是一座具有極高藝術價值的花園。十幾年前，清朝皇叔溥偉及溥儒先後將府邸及花園出售給輔仁大學作為校舍及宿舍，苗君儒一個同學的老鄉就在這裏當助教，所以他來過。

他們現在就站在這座前清豪華王府的圍牆外。一路上來的時候，他們感覺到身後有人跟蹤，可停下來一看，後面什麼人也沒有。

「我們來這裏做什麼？」苗君儒低聲問。

「你應該知道這裏曾經是和珅的府邸，」梅國龍說道：「和珅死後，他收刮的那些金銀財寶，只找到一部分，很多都沒有下落。」

苗君儒也聽說過關於和珅藏寶的傳言，據說和珅把一些曠世奇寶，藏在一處不為人知的地方，到現在都還沒有人找得到。

梅國龍走到圍牆邊的一棵柳樹旁，抓著樹幹一縱身上了圍牆，跳到那邊去了。

和珅的藏寶與黃帝玉璧又有什麼關係呢？

「過來吧！」梅國龍在牆那邊叫道。

苗君儒學著梅國龍的樣子，攀著樹幹跳過了圍牆。圍牆內一團漆黑，遠近的假山樹木，像一個個躲在黑暗中的鬼魅，看著這兩個不速之客。整個園子很靜，靜得有些不可思議。

他以前就聽說過恭王府內很多鬧鬼的故事，他是學考古的，自然不相信那些鬼怪的言論，但是身在其間，卻也讓人感覺極不舒服。這種感覺，就像進入了一個密封千年的幽靈古墓。

「跟我來，」梅國龍好像對這裏很熟悉，在前面帶路。

苗君儒跟過去，過了幾道迴廊，進了一個小跨院，來到一棟造型別致的樓房前，隱約之間，他看到門樓上方的那個牌匾上寫著三個字：慶頤堂。他微微一驚，心道：怎麼到了這裏？

這慶頤堂是當年和珅模仿了紫禁城內寧壽宮的格調建造的，用的全都是上等的楠木。嘉慶皇帝命和珅「加恩賜令自盡」時，其中有一條罪狀：僭侈逾制。指的就是這座慶頤堂。

他們倆來到慶頤堂的門口，站了一會兒，梅國龍剛要去推門，卻見那門「吱呀」一聲自行開了，聲音在黑暗中顯得空曠而悠遠，讓人毛骨悚然。

一個蒼老而低沉的聲音彷彿從地下傳出來，「兩位既然來了，就進來吧！」

第二章

神秘人

只見那人頭上僅剩下半塊頭皮，前面光禿禿的，
左眼的眼皮向下翻著，露出紅色的眼瞼，
右眼卻是一個黑黑的窟窿，臉上的皮肉紅一塊白一塊，
想是被大火燒過，牙齒暴凸著，
下巴好像沒有了一小塊，露出白森森的骨頭。
從頷下那幾根灰白的鬍鬚看來，這個人的年紀也不小了。
苗君儒驚愕地望著這個人，「你是誰？」

苗君儒一向自認為膽子很大，沒有想到遇上了一個比他膽子更大的人。

梅國龍正了正衣領，對裏面問道：「前輩住在這裏多長時間了？」

裏面那聲音回答，「你追老朽有多長時間了？」

「半年多，要不是我查到你徒弟的蹤跡，發現他買兩個人吃的東西，我不會懷疑到你也躲在這裏，」梅國龍回答：「我只想知道，你究竟還有什麼身分，為什麼要派你的徒弟去把金剛舍利子偷走呢？」

裏面的聲音回答，「我是什麼身分的人，江湖中人都知道，我也想知道，你究竟是什麼人，如果你僅僅是個警察局的科長，這宗案子根本輪不到你來查。」

裏面亮起了燈光，他看到一個道士打扮的老者，坐在正對著門口的太師椅上，旁邊有一個小香爐，香爐裏還往外冒煙，屋子裏有一股很濃郁的檀香味。在老者身邊，站著一個四旬左右的男人，那男人濃眉大眼，一副兇神惡煞的樣子，右邊眼角一條刀疤斜向耳根，將半張臉一分兩半，這樣一來，就顯得更加的兇惡。令苗君儒驚訝的是對方右臉下方那一小塊紅斑，在小力胡同的口子上，他和這個人相撞了一下。

梅國龍走過去，朝老者施了一禮，扭頭對苗君儒說道：「我來介紹一下，這位是江湖上鼎鼎大名的神貓李，曾經是義和團的師兄，義和團運動失敗後逃到廣東，後來加入三合會和同盟會，民國成立後，他出家當了道士，按輩分算起來，他是我的老前輩！黃埔軍校首席國術教官韓慕俠先生，也曾經拜他為師。」

難怪剛才梅國龍在門口說話時，朝裏面尊稱前輩。苗君儒望著老者，見老者精神抖擻，目含精光，想必身具內家上乘功夫。

「知道就好，」神貓李朝旁邊一指，那邊已經準備了兩張椅子，他說道，「有什麼話就開口直說吧，在這裏談話，不怕別人知道。」

梅國龍和苗君儒也不客氣，分別在那兩張椅子上坐下來。

梅國龍望著神貓李身邊的男子說道：「劉白，多年來你屢次做下大案，都成功逃脫，兩年前一次酒醉後被抓，按法早該槍斃，可是你花錢買通了獄卒，找人替你死了，北伐軍進城前，你為什麼從獄中逃脫？」

劉白把雙手攏在胸前，說道：「有人想殺我滅口，不走的話就只有死！」

梅國龍問：「什麼人想殺你滅口？」

劉白還沒來得及回答，卻聽神貓李厲聲道：「你來這裏到底是為什麼？」

「找到那塊黃帝玉璧。」梅國龍一語驚人。

神貓李微微點頭，「你果然是為了黃帝玉璧來的！」

梅國龍說道：「金剛舍利子在你的手上，你一定知道那塊黃帝玉璧的下落。」

神貓李笑道：「不錯，我是知道，可是我有必要告訴你嗎？我怎麼知道你不是為了個人的私心，或者是被哪個人利用？」

苗君儒聽著這兩個人的對話，越聽越心驚，想不到梅國龍還有另一層身分，他究竟是什麼人，為什麼知道那麼多別人不知道的事情，還獨自一個人來查這宗案子呢？

梅國龍從身上拿出一樣東西，是半塊袁大頭；老者一見到這半塊袁大頭，臉色一變，問道：「你是從哪裏得來的？」

「三年前給我這塊袁大頭的人告訴我，如果有人從碧雲寺中偷走金剛舍利子，你一定要留意那個人，你帶著這半塊大洋，找到那個人，他會教你怎麼做。」梅國龍說道。

神貓李望著梅國龍手中的半塊袁大頭，說道：「十幾年前，他救了我一命，現在我把欠他的情還給你！我不管你是什麼人，但是看在這半塊大洋的份上，我告訴你有關黃帝玉璧的下落。」

梅國龍把那半塊袁大頭朝神貓李丟過去，「你欠他的情，從此不用還了！」

神貓李把半塊袁大頭抓在手裏，三個手指隨意一捏，將袁大頭捏成了一個小圓球，這份功力，讓苗君儒大驚。

梅國龍對神貓李說道：「我帶來的這位是北大考古學教授潘家銘的學生，要想找到那塊黃帝玉璧，恐怕還得請他幫忙，幾天前，那些人找過潘教授，潘教授為了保住秘密，選擇了自殺。」

「哦，是潘教授的學生，」神貓李望了一眼苗君儒，「你對這件事知道多少？」

苗君儒坦然說道：「以前潘老師只對我們提起過黃帝玉璧，我個人認為這件東西並不存在，那只是民間傳說。」

神貓李搖頭道：「其實很多民間傳說都是真的，只是人們沒有辦法見到傳說中的東西而已。」

梅國龍問道：「那你說黃帝玉璧在什麼地方？」

「在塞外的沙漠中，一個叫玄幽城堡的古老城堡裏，有一條通向幽冥世界的通道，走下去，就能夠找到！」神貓李說道。

梅國龍驚道：「黃帝玉璧怎麼到了哪裏呢？」

神貓李微微一笑：「我也不相信，但是傳言確實是這麼說的，要想進入幽冥世界，必須帶著三樣東西。」

「一樣是金剛舍利子，另兩樣是什麼？」梅國龍問。

「就是趙國用來裝和氏璧的寶玉兮盒，還有大禹治水用的定海神針，」神貓李說道：「看過西遊記的人都知道，孫悟空手裏的金箍棒就是大禹留下來的定海神針，不過那只是神話小說，但是事實上確實有那麼一件神奇的東西，也確實是大禹留下來的。」

「那東西在哪裏呢？」梅國龍問。

「據說在神女峰下面的龍宮裏，據說那根定海神針有一種很神奇的力量，拿著神針的人，可以白日飛升，」神貓李說道：「千百年來，有不少人去找，都沒有找到，我也去找過，找到那個地方，可是沒有辦法進去。」

「為什麼沒有辦法進入？」苗君儒問。

「那裏面機關重重，而且還有怪物，二十年前我帶了八個人去，結果只有我一個人回來。」神貓李說道。

「你是怎麼找到那地方的？」苗君儒問。

「我畫了一幅圖，你們拿去吧。」神貓李從身上拿出一張牛皮紙來，梅國龍起身，過去接過了紙。

「裏面有不少機關，是死是活就要看你們的造化了，我的年紀已經大了，去不了。」神貓李說道。

老人接著歎了一口氣，「要不是朱元璋的兒子那麼心黑，劉伯溫就不會出那個主意，黃帝玉璧也就不會被丟到幽冥世界去了！」

「你說什麼？黃帝玉璧是劉伯溫出主意丟到那裏去的？」苗君儒問。

神貓李說道：「是的！否則的話，後來的人也就不用花那麼大心血去那種地方找了。」

「那寶玉兮盒呢？」梅國龍問。

神貓李說道：「如果你能夠取出定海神針，寶玉兮盒自然會現身！」

梅國龍看著手裏的地圖，說道：「好的，我一定去找！」

「金剛舍利子被我放在一個很安全的地方，」神貓李說道：「你們只要找到那兩樣東西，我自然會把金剛舍利子給你們，你們走吧！」

苗君儒和梅國龍一同離開了這間屋子。兩人剛走出去，門就在他們的身後關了，隨即燈也滅了。屋子裏的兩個人，早就練就了一雙野貓眼，在伸手不見五指的地方，也能夠清晰地看到十幾米遠近範圍內的任何東西。

一陣渾厚的聲音從他們的後面傳來：「性，空，意，滿。經，藏萬千變化；絡，行於周天，以後天補先天。天罡地煞，乾上坤下，天人合一，內聖外王……」

他停住了腳步，不懂神貓李說的這些話是什麼意思。

「你聽得懂嗎？」梅國龍問。

苗君儒搖頭道：「聽上去有點古代的內功心法，四書五經中可沒有這樣的內容。」

「他可能是在教劉白練功，我們走吧！」梅國龍說道。

可是苗君儒聽著，怎麼像是對他說的，教劉白練功需要用這麼大的聲音嗎？出到牆外，苗君儒問梅國龍，「你有沒有看出什麼問題？」

「你指的是劉白？」梅國龍說道，「他的話確實有漏洞，我也不相信他能夠輕易地從大牢中逃走，神貓李那麼精明的人，不可能看不出來，所以他們兩個人都有問題。」

苗君儒問：「你確定那個神貓李是真的？」

「神貓李是個神龍見首不見尾的人物，我以前也沒有見過，只知道他是劉白的師傅，」梅國龍說道，「我也無法斷定這個神貓李是真是假！」

苗君儒問：「那麼你對他說的話，也不一定相信嘍？」

「你認為呢？」梅國龍反問。

「很多事情都是無法確認真假的，信則有，不信則無！」苗君儒說道：「我明天動身去重慶，如果你感興趣的話，也可以一同去！」

梅國龍問：「去重慶做什麼？」

「有一個做古董生意的大老闆，要我幫他去鑒定幾樣東西，」苗君儒微笑著說道：「辦完事後，我們可以順江而下，到巫峽的神女峰那裏看看，不管怎麼樣，他不是給了你一張地圖嗎？你今天晚上帶我來這裏，讓我知道了這麼多不為人知的事情，不就是希望我幫你嗎？」

「那好，我們明天見！」梅國龍說完，身影消失在黑暗中。

苗君儒回到住處，見房門大開，他衝進屋內，見屋裏被翻得亂七八糟，來到臥室，見裏面也是一樣，書架上的書落得滿地都是，那個裝有盒子和信的袋子不見了。

他覺得像被人打了一悶棍，那是黃森勃交給他的東西，別人並不知道東西在他的手裏。他想起了梅國龍，一定是梅國龍懷疑東西到了他的手上，於是找藉口要他一同去見神貓李，趁機叫人暗中進到他的屋裏，把東西偷走。

他用一個背包，裝了一些考古工具和野外要用的東西，出門向廖清的宿舍那邊走去，為了避開潘教授樓前守著的那些人，特地抄了一條小道。

來到廖清的屋門外，就聽到苗永健在裏面說話，他敲了敲門，開門的是苗永健。

八歲大的他見到義父，高興地叫起來，「爸，你去哪裏了？」

「我跟一個朋友出去了一趟，」苗君儒說道。

「爸，有幾個人進我們家，一進門就亂翻，」苗永健說道：「我趁他們不注意，就逃到廖阿姨這邊來了！」

苗君儒朝廖清微笑了一下，「東西被他們拿走了！」

廖清問：「那些人是什麼人？」

「不知道，」苗君儒說道：「都是衝著黃帝玉璧來的，我以前不相信那東西存在，現在有些信了！」

廖清問：「你打算怎麼辦？」

「去重慶找潘老師要我去見的人，他留下那封信給我，肯定也是有了安排的，」苗君儒說道：「我現在就走，如果明天那個姓梅的人來找你，你就說什麼都不知道。」

廖清輕聲問道：「你大概什麼時候回來？」

「不知道，」苗君儒看到廖清的眼睛裏分明有淚光在閃動，心中不忍，低聲說道：「我很快會回來的。」

他轉身就走，走出很遠的時候，還看到廖清站在台階上，朝這邊望著。

他並不知道，幾天後，碧雲寺「金剛舍利子」被盜的消息傳出，加上剛曝出的原奉系軍閥孫殿英盜挖東陵事件，各大報紙媒體的矛頭，直指原直奉兩個派系的舊軍閥。受輿論的影響，南方軍政府在北平大肆裁減原直奉兩個派系的官員，並收編其軍隊武裝力量。

所有的這一切，都是有人暗中操控的。

山城重慶。

中興路的古董市場。

苗君儒就站在這家叫玉風軒的古董店前。這家店子並不大，裏面的櫥窗上陳列著許多各式各樣的古董，有明清瓷器，還有唐宋書畫，邊上還擺著一些造型精緻的木雕。

店子的各種擺設都顯得很有格調，充分體現了主人的品味。

店子裏沒有客人，只有一個夥計，正漫不經心的打掃著櫥子上的灰塵。

他走了進去，那夥計看見他，忙微笑著迎過來：「先生，想買點什麼，我們這裏都是好貨色，價錢也很公道的。」

苗君儒看到放在櫥子裏的那個明代青瓷花瓶，見花瓶製作工整、紋樣精細、釉色滋潤，他仔細看了一下，確實是件真品。但是旁邊的那個乾隆年間的粉彩磁片，是贗品。

「先生您先看看吧！」夥計替苗君儒倒了一杯茶。

「王老闆在嗎？」苗君儒突然冒出一句。

那夥計一愣，回答道：「先生，我們的老闆不姓王，姓田，是田老闆，我們都叫他田掌櫃！」

苗君儒一驚，潘老師明明要他來玉風軒找王老闆的，怎麼這裏的老闆姓田呢？

他問道：「你們這家店子開了多久了？是不是從別人的手上轉過來的？」

「沒有呀，」夥計說道：「我們田老闆開這家店子已經有好些年頭了，我六年前來這裏當學徒的時候，就已經在這裏了。」

苗君儒問：「這個附近有沒有一個姓王的老闆呢？」

夥計搖頭道：「我不是很清楚，行有行規，不可以隨便打聽別人的。」

「哦，」苗君儒有些失望，千里迢迢趕來，哪知道撲了個空，心道：難道潘老師那封信裏寫的是假的？

他正要離開玉風軒，卻見從內堂走出一個乾瘦的老頭來，那老頭問道：「先生是要找王老闆嗎？」

「是的，你認識他嗎？」苗君儒接著說道：「我是北大潘家銘教授的學生，他要我來玉風軒找一個姓王的老闆。」

「你姓苗？」老頭問。

「是的，我叫苗君儒，」苗君儒說道，「你就是王老闆？」

「我是田掌櫃，你跟我進來吧！」田掌櫃說道。

這時，門口傳來呵斥聲，苗君儒朝外面看了一眼，見夥計正在往外趕一個進來要飯的老乞丐。

他跟著田掌櫃走了進去，見田掌櫃直接出了後門，早有一輛車子在那裏等著。他們上了車子，車子向郊區開去。

一個多小時後，車子在一座農莊的門前停住，門口站著的兩個人上來開門，並朝老頭子鞠躬，一副很恭敬的樣子。

早有人將大門打開，進去後，見旁邊站著不少穿著灰布短衣的漢子，朝田掌櫃恭敬地鞠躬。

走過一條石板路，進了內堂，見到一處小天井，天井的旁邊有迴廊，迴廊連著一間間的屋子。苗君儒見迴廊的邊上站著幾個漢子，朝田掌櫃鞠躬的時候冷眼望著他，這些人的神色與常人不同，表現得非常呆滯和冷漠。

田掌櫃打開了一間偏房的門，說道：「進去吧！」

苗君儒剛一進去，田掌櫃就把門給關上了，等他醒悟過來，已經被鎖在了裏面。他拍門叫道：「喂，怎麼回事？」

「你不是要找王老闆嗎？」裏面開了一扇小門，走出一個穿著長衫的男人來。

屋內的光線很暗，苗君儒看了好一會兒，才看清那個人的樣子，他嚇了一大跳，還以為是白日見鬼呢。

只見那人頭上僅剩下半塊頭皮，前面光禿禿的，左眼的眼皮向下翻著，露出紅色的眼瞼，右眼卻是一個黑黑的窟窿，臉上的皮肉紅一塊白一塊，想是被大火燒過，牙齒暴凸著，下巴好像沒有了一小塊，露出白森森的骨頭。從頷下那幾根灰白的鬍鬚看來，這個人的年紀也不小了。

苗君儒驚愕地望著這個人，「你是誰？」

那人說道：「我就是潘教授要你來找的王老闆！」

王老闆說完，在旁邊的椅子上坐了下來，看他走路和坐下來的姿勢，分明有一定的教養，他說道：「你是唯一一個見到我沒有害怕得大叫的人，你們學考古的人，心理承受能力比普通人強得多！」

剛才苗君儒確實嚇了一大跳，還好他不曾叫出來。王老闆走路的時候很輕，沒有一點聲音，在這樣的一間黑屋子裏，誰遇上這樣的一個人，都會嚇一跳，膽小的人會嚇死。

「坐吧！」王老闆指著旁邊的一張椅子說：「從北平過來，一路上很辛苦的。」

苗君儒坐了下來，把背包放在旁邊，他終於明白那個老頭為什麼要鎖門了，是擔心他見到王老闆後害怕得跑出去。

王老闆問道：「潘教授還好吧？」

「他自殺了，」苗君儒說道：「死之前留下一封信，要我來找你！他要我告訴你，要想成功，必須置於死地而後生。」

王老闆「哦」了一聲，眼中閃過一絲驚異，說道：「有關黃帝玉璧的事情，你知道多少？」

「在此之前我只是聽說過，但是就在我離開北平的那幾天，發生了不少事情，」接著，苗君儒把發生的事情說了一遍，只隱瞞了寶玉兮盒的事情。

王老闆聽完後，微微點頭，「我早就知道金剛舍利子是他取走的！」

「你認識神貓李？」苗君儒問。

王老闆發出「呵呵」的笑聲，他的嘴巴無法張大，聲音從喉嚨裏出來，讓人聽著極不舒服。

他問道：「你知道神貓李還有幾種身分嗎？」

這些事情苗君儒自然不知道，他搖了搖頭。外面響了兩下敲門聲，一個模樣秀麗的婢女端著兩杯茶推門進來，將茶放在兩人的身邊後，低頭退了出去。

「看來，你對這件事真的不清楚，」王老闆說道：「你知道完璧歸趙的故事嗎？」

苗君儒笑了一下，「這個故事小孩子都知道的呀！」

「可是誰又知道，秦國真正要的不是趙國的和氏璧，而是那塊黃帝玉璧呢？」王老闆說道：「可惜長平一戰之前，趙國就出了奸細，那個人把黃帝玉璧偷走送給了秦王，結果導致了趙國大敗！那可是兩國之間最關鍵的一戰。黃帝玉璧落在秦王手裏後，六國再也無人是秦國的對手。黃帝玉璧在誰的手裏，誰就能夠得到天下！」

「關於黃帝玉璧的神奇故事，我也聽說了，」苗君儒說道。

「你知道我為什麼會變成這個樣子嗎？」王老闆的神色有些激動起來，「都是為了那塊黃帝玉璧，當年劉伯溫見朱元璋過於殘暴，有心報復一下朱家子孫，便以長子即為正統的理由，建議朱元璋把黃帝玉璧傳給寬仁厚德的長孫朱允炆。

「朱元璋死後不久，胸藏大志的燕王朱棣就向侄子發難了。『靖難之役』後，建文帝朱允炆攜玉璧出逃，被朱棣追得急了，便讓隨身人員帶玉璧往西走，這一走，那塊玉璧就被帶到了塞外，最終落入玄幽城堡那一條通向幽冥世界的通道裏。

「朱棣派鄭和下西洋的真正目的，其實就是為了查找那塊黃帝玉璧的下落。但也有民間傳說，朱元璋並沒有把玉璧傳給孫子，而是隨著自己下葬了。我這張臉，就是在明孝陵內被墓火燒的。

「那一次我和神貓李一同挖開了孝陵，想看看朱元璋身邊到底有沒有黃帝玉璧。我們在裏面撬開了幾口玉棺和木棺，都沒有找到玉璧，神貓李那傢伙還順便姦汙了朱元璋的寵妃，幾百年前的死人，跟睡著的時候一樣……」

「神貓李一定從裏面得到不少好東西，是吧？」苗君儒問道。

「是的，可是我什麼都沒有得到，撿回來一條命，變得人不人鬼不鬼的，」王老闆說道：「十多年前，我知道潘教授正在研究黃帝玉璧，於是我想辦法聯繫上了他，從那以後，他一直和我保持聯繫。兩個月前，他給我來信說，萬一有什麼情況不對的話，他會讓他一個叫苗君儒的學生來找我，在信裏，他也沒有說會發生什麼事情。你剛才提到的那個梅國龍，好像對黃帝玉璧的事情知道得不少，這個人絕不僅僅是警察局的科長那麼簡單。」

苗君儒點頭，他也是這麼想。梅國龍在北平見不到他，一定會找來重慶的。他說道：「其實我也不知道潘老師要我來找你，究竟是為什麼。」

「他一定是想你來幫我找到黃帝玉璧，」王老闆低聲說道：「要想找到那塊玉璧，唯一的辦法就是找到另幾件寶物，然後去塞外找到玄幽古城。你說神貓李已經把尋找定海神針的地圖給了姓梅的？」

「是的，」苗君儒說道。

「在巫峽的神女峰下，有一大漩渦，據稱直通東海，過往船隻都繞著走，」

王老闆說道：「但是那大漩渦也不是時刻都出現，逢龍年六月初一的正午時分，才會出現，有人曾見過水裏冒出一顆龍頭，那可是活的。好了，你來了就好，這也許就是天意，我的計畫可以實施了，如果再等幾天，潘教授那邊還沒有消息的話，我可要單獨行動了！今天我們就談到這裏，我先安排你住下，明天動身去巫峽，再過幾天就是六月初一，我們要趕在那時候到達那裏，你看到外面的那幾個人沒有？在水中，他們都是一等一的好手。」

說完後，他起身朝後面進去了，就像他出現的時候一樣悄無聲息。

王老闆離開後，外面的門開了，乾瘦的田掌櫃出現在門口，面無表情地說，「跟我來吧！」

苗君儒跟著田掌櫃，走過一條暗黑的通道，來到一間木板房門前，剛才他出來的時候，並沒有發現原先站在迴廊裏的那幾個男人不見了。

「今天晚上你就住在這裏，有什麼事的話，就敲門，千萬不要出來，」田掌櫃警告道：「還有，晚上無論聽到什麼聲音，都不要出來，特別是不要去那個房間。」

「為什麼？」苗君儒問。

「不要問那麼多，小心點就是，」田掌櫃說道。

這間屋子不過二十個平米，一張老式的床鋪靠牆放著，旁邊是一些簡單的傢俱。苗君儒把背包丟在椅子上，合衣躺在床上，這一路上實在太累了，他剛躺下去沒有多久，就昏昏沉沉的睡去。

也不知道什麼時候，他被一陣淒厲的尖叫聲驚醒，睜眼一看，門還半開著，但是外面一團漆黑。

他打了一個機靈，頓時清醒了不少，下床出門，見天井和迴廊裏都是漆黑的一片，唯有他和王老闆見面的那間屋子，透出一絲燈光。此時又傳來一聲尖叫聲，正是由那房間裏傳出來的。

那聲音顯得十分的痛苦和壓抑，就像一個人被綁在柱子上，用刀子一塊塊地把肉割下來時發出的慘叫，聽得人直起雞皮疙瘩。

苗君儒看了看旁邊的房子，全都黑著燈，對於那聲音，他並不害怕，反倒有幾分好奇。雖然那個乾瘦的老頭子警告過他不要輕易出門，但是好奇心驅使他輕手輕腳地來到那間房的窗前，站在窗邊，可惜窗上糊了窗紙，無法看到裏面的情形。他試探性的推了一下門，那門竟並沒有鎖，無聲地開啟了。

屋子裏點了一根蠟燭，光線並不暗，一眼就看清屋裏的一切。但是屋裏並沒有人，在他的左前方，有一扇不起眼的小門，王老闆就是從那裏面出來的。

他又聽到一聲慘叫，聲音就來自裏面，正要走進去，突然感覺身後有一陣風吹過，一隻乾枯的手搭在他的肩膀上。

他大吃一驚，不知道身後的是人還是什麼怪物，情急之下，雙手抓住那隻手，上身側翻想將對方從身上摔過去。這一招是他向一個老武術家學來的，融合了日本的柔道。一般情況下，站在他身後的人都會被摔出去，而且倒在地上半天也難爬起來。

抓到那隻乾枯的手，他發覺那人的力氣極大，摔了兩次都還沒有摔出去。

「看不出你還會兩下子，」身後的那個人說。

苗君儒放開手，回頭一看，見是田掌櫃。

田掌櫃說道：「不是叫你不要出來的嗎？」

「可是那聲音實在……」苗君儒的話說了一半，沒有繼續下去。

「都那麼多年了，習慣了，每隔一段時間，他都會發病，沒有辦法，」田掌櫃說道，「你是不是想看？」

苗君儒點了點頭，又搖了搖頭，他來了之後，感覺這裏的人都怪怪的，一個個神神秘秘的樣子。

田掌櫃看起來年紀那麼大，但卻是個深藏不露的武林高手。

「這二十多年來，他躲在我這裏，一直等待著來找他的人，你是第一個，也許是最後一個，」田掌櫃說道：「如果你想看他的話，請跟我進來！」

田掌櫃推開苗君儒進屋，逕自走到那扇小門邊，推門走了進去。

既來之則安之，也沒有什麼好害怕的，苗君儒坦然跟著田掌櫃走了進去。裏面的房間比外面略為大一些，牆壁上點著幾盞油燈，中間的一根大柱子上，用鐵鍊鎖著一個人。

苗君儒看到柱子上的人，就是他見過的王老闆，此時的王老闆，已經不是他原來見的樣子，上身赤裸著，胸前的皮膚上長著一層亮閃閃的魚鱗，頭部的前額凸出，沒有頭髮的地方也長出了長長的頭髮來，下巴沒有肉的地方也長好了，但卻變得尖尖的，整個人看上去完全是一個怪物的模樣，在燈光下顯得猙獰可怖，一副非常痛苦的樣子，每過幾分鐘，就仰起頭發出一聲慘號。

那聲音越來越刺耳，越來越揪心。

田掌櫃看著王老闆身上的鱗片，驚喜道：「你終於成功了？」

他拿起了茶几上一個瓦罐看了看，叫道：「天啦，全喝了？」

「他喝了什麼？」苗君儒問。

「一種古老秘方配製的藥，能夠把他變成可以在水裏生活的蟄龍，對抗神女峰下漩渦裏的水底怪物，」田掌櫃的眼中閃過幾絲詭異：「以前他曾經用幾個人試驗過那種藥，可惜都失敗了，最後他決定自己試藥，反正他已經不是個正常的人了。以前他只喝一點點，不敢喝多，今天不知道為什麼，把藥全喝了！」

田掌櫃一把撕下掛在左邊牆上的一塊大布幔，苗君儒見牆壁凹進去一大塊，裏面是一個神龕，供著一尊神。這尊神全身黑乎乎的，也不知道是用什麼質地的東西雕出來的，人首魚身，上半部好像一個女人的模樣，面容顯得有幾分醜陋和邪惡，兩隻手張開著，五指尖尖，像傳說中的龍爪。

田掌櫃點燃了幾支香，朝雕像拜了幾拜，回頭對苗君儒說道：「你過來，拜見娘娘！從你跟我進來的那一刻起，你就是我們的人了，現在要你正式入幫，如果以後敢違反幫規的話，我只有殺了你！」

「是什麼幫會？」苗君儒的眼睛望著那尊雕像，又看了看綁在柱子上的王老闆，並沒有走過去。

「過來吧，」田掌櫃說道：「現在已經由不得你了！」

「可是我對這件事根本沒有什麼瞭解，而且對你們所謂的幫派也……」苗君儒的身後出現了幾個漢子，他們是怎麼進來的，什麼時候進來的，他一無所知，如果這幾個人要他的命的話，他根本沒有還手的機會。

這是個很詭異的地方，這些都是一些詭異的人。

「別逼我們殺了你，我們需要一個像你這樣有考古知識的人，你也是劫數中的人，既然捲入了，就別想擺脫，今年是龍年，六月初一龍升天，定海神針現人間，早在六百多年前，劉伯溫就已經算到了，就像王凱魂找到潘家銘一樣，潘家銘替我們找到了你！」

「你說什麼，他就是王凱魂？」苗君儒回頭望著柱子上的那個怪物，那個怪物正慢慢地在變，他實在無法相信，這個人就是潘教授多次提到的，號稱民間盜墓第一人的王凱魂。

第三章

洛書神篇

盜墓人中相傳著一句話：凱魂摸金，嚇死鬼神。
摸金是盜墓人的隱語，指盜墓之意，凱魂指的就是王凱魂。
據說沒有王凱魂找不到的墓，也沒有他挖不開的墓，
別人忌諱護墓鬼神，而他卻百無禁忌，
仗著一本曠世奇書，練就了一套驅鬼降魔的法術，
有人曾經親眼見到他在一個漢朝皇帝的陵墓中，
和護墓之神大戰了幾十個回合，
最後護墓之神被他收到一個小瓶子裏了。

考古與盜墓雖然屬於不同的兩個領域，但是在很多時候，是有很多共同點的，一個優秀的考古學家，除了擁有淵博的學識外，還是一個一流的盜墓高手。當然，考古挖掘是在研究歷史，不能用「盜」這個字，而盜墓者，卻是在利益的驅使下去挖掘墳墓的，但是二者進入墓穴的手段，有很多相似的地方。

很多考古學家都認識不少盜墓人，從而學到不少在書本和課堂上學不到的知識。苗君儒也認識不少盜墓人，他在畢業的那年，就已經能夠熟練地用盜墓的專用工具——洛陽鏟，來打洞探究地下墓穴的位置。

關於王凱魂的神奇傳說，苗君儒不但從潘教授那裏聽到，更從那些盜墓人的嘴裏聽到不少，那些人一提到「王凱魂」這三個字，不約而同皆流露出非常崇敬的神色來。

盜墓人中相傳著一句話：**凱魂摸金，嚇死鬼神。**

摸金是盜墓人的隱語，就是盜墓的意思，凱魂指的就是王凱魂。盜墓人雖說幹的是那樣的營生，但是也有很多禁忌，他們都認為每一個墓葬裏，都有護墓鬼神，小墓有鬼大墓有神，進入墓穴後，都要點燃一盞燈和三支香，求護墓鬼神放過自己，有的還會燒一些冥錢賄賂護墓鬼神。通常說人死歸冥，用的都是冥間的金銀，而墓葬裏的那些財物，都是生人用的，留在墓穴裏，實在太浪費了，所以盜墓人才求護墓鬼神通融一下，將墓葬裏的財寶讓自己挖出來。

據說天下沒有王凱魂找不到的墓，也沒有他挖不開的墓，別人忌諱護墓鬼神，而他卻百無禁忌，仗著一本曠世奇書，練就了一套驅鬼降魔的法術，有人曾經親眼見到他在一個漢朝皇帝的陵墓中，和護墓之神大戰了幾十個回合，最後護墓之神被他收到一個小瓶子裏了。

這樣一個傳奇性的人物，怎麼會在進入明孝陵後被墓火燒著呢？

這件事發生之後，很多地方都讓苗君儒感到很疑惑，有些事情實在太古怪了，也來得太突然。

就拿眼前的王凱魂來說，居然可以配製出一種把自己變成怪物的藥，估計藥方也是從那本曠世奇書上得來的。

那到底是一本什麼書呢？

「姓苗的，快點過來拜吧，別逼我們殺你，」田掌櫃叫道。

綁在柱子上的王凱魂不再發出慘叫，而是一聲聲野獸般的低吼，他拚命地掙扎著，綁在他身上的鐵鍊「嘩嘩」作響，似乎隨時會斷掉。

他身上的魚鱗一片片地長著，原先只有胸前才有，現在腹部和雙手上都長滿了，手指也變得與常人不同，與這尊雕像上的一模一樣。

在發出一聲悠長的低吼後，王凱魂雙臂一張，力氣大得令人不可思議，竟然將綁在他身上的鐵鍊掙斷。

「哈哈……我成功了！」王凱魂仰頭發出一陣大笑，「傳說是真的，我終於變成了！」

那幾個漢子和田掌櫃齊刷刷地朝王凱魂跪下，叫道：「參見蟄神！」

用藥物可以將人變成這樣，真的是聞所未聞。苗君儒呆呆地望著這隻向他走過來的怪物，他並不害怕，只是覺得太奇怪了。

「我從你的眼中看到了來自你內心的驚訝，是不是覺得很不可思議？」王凱魂走到苗君儒面前，他的聲音顯得很粗獷深沉，「這個世界上，本來就有許多不可思議的東西，人類是無法理解，也無法解釋，我得感謝你，要不是你，我不會成功！」

「你的意思是我幫了你？」苗君儒問。

「是的，」王凱魂說道：「是潘教授理解了那本書上最後的兩句話，並要你告訴我，那就是要想成功，必須置於死地而後生。」

「你是指你手上那本曠世奇書？」苗君儒問。

「哈哈，你可能還不知道我手上的是一本什麼書吧？」王凱魂說道：「你拜過娘娘，就是我們的人了，田掌櫃會告訴你的！」

在眾人的注視下，苗君儒朝那尊雕像跪了下去，田掌櫃站在旁邊像念經一樣地說著誰也聽不懂的話，那是一種特定儀式下的禱告。

苗君儒表現出一副很誠懇的樣子，朝那尊雕像拜了幾拜。

「好了，」田掌櫃說道：「你算是我們的人了，跟我走吧！」

「去吧，」王凱魂說道：「有些事情沒有必要對你隱瞞，該知道的還是要知道！」

田掌櫃朝王凱魂頷首道：「謹尊神旨！」

苗君儒跟著田掌櫃出了門，外面有一個僕人模樣的人提著燈籠在前面引路。農莊內顯得很幽靜，只有那細微的蟲鳴聲。

穿過一道拱形的院門，他們進了另一個院落，由於夜色太黑，周圍的景物看得不是太清，但是可以聽到腳下傳來的流水聲，腳下踩的和燈光所照見的地方，都是竹子做成的。走了一陣，那個僕人在一間房門前停住。

苗君儒記得在這個院落裏轉來轉去的，走了足足二十分鐘，看來這個院落還不小。田掌櫃推門進去，點燃了油燈，對外面的僕人說道：「你先回去吧，等下過來接苗先生去客房休息！」

那個僕人漸漸遠去了，苗君儒站在門口，朝周圍看了一下，黑乎乎的根本看不清，也不知道是什麼時候，估計離天亮還早。

他走了進去，見屋裏的床椅等擺設也全都是竹製的，和雲南那邊苗家的竹子筒樓沒有什麼兩樣，他在一張竹椅上坐了下來。

田掌櫃從衣袋內拿出一封信，遞給苗君儒，說道：「你看看吧！」

苗君儒從信封中拿出信紙，見是潘老師的筆跡：

王長老台鑒，你所托之事已辦妥，有人已經查到我與黃帝玉璧的關係，當務之急，勢必找出玉璧，切不可讓玉璧落入野心者之手。

我學生苗君儒，學識淵博，為人正義，乃猴年龍月龍日生人，合六爻之數，乃是盜取定海神針最佳人選。你上封信中求我破解的那六個字，應出自曠世奇書下卷《洛書神篇》，我苦思多日，實無法猜透其中奧秘。據民間傳言，《洛書神篇》中有一奇方，可使人蛻變成蟄龍，身具翻江倒海之神術，我認為那不可信。

下面的日期是民國十七年五月。

信是兩個月前寫的，看完信，苗君儒沉默不語。原來王凱魂擁有的曠世奇書就是《洛書神篇》。

相傳大禹時，洛陽西洛寧縣洛河中浮出神龜，背馱「洛書」，獻給大禹。大禹依此治水成功，遂劃天下為九州。又依此定九章大法，治理社會。此前上古伏羲氏時，洛陽東北孟津縣境內的黃河中浮出龍馬，背負「河圖」，獻給伏羲。伏羲依此而演成八卦，後為《周易》來源。

「河圖」與「洛書」被世人並稱為「河圖洛書」，「河圖洛書」是中華文化，陰陽五行術數之源。太極、八卦、周易、六甲、九星、風水等等皆可追源至此。河圖之象、之數、之理、至簡至易，又深邃無窮。最早記錄在《尚書》之中，其次在《易傳》之中，諸子百家多有記述。一般認為河圖為體，洛書為用；河圖主常，洛書主變；河圖重合，洛書重分；方圓相藏，陰陽相抱，相互為用，不可分割。

「河圖洛書」在中華文化發展史上有著重要的地位，在哲學、政治學、軍事學、倫理學、美學、文學諸領域產生了深遠影響。後人對「河圖洛書」研究後繁衍出來的著作，實在不勝枚舉，但是有一本著作，卻是眾多著作所望塵莫及的。

相傳周朝滅商後，「河圖洛書」落到大周朝丞相姜子牙的手裏，精通術數推演的姜子牙，在研究完這兩本書後，對這兩本書做了一些注解，還加上自己的觀點和對「河圖洛書」的理解，那就是集術數推演、天文地理、風水堪輿為一體的《洛書神篇》。

多少年來，無論是堪輿大師，還是學術名家，抑或是權臣謀士，都夢想得到這本曠世奇書。據說這本書共分三卷，上卷是對「河圖洛書」的注解和術數推演，還有為人處世之道；中卷除星象地理定位外，還有行軍佈陣之法，安邦定國之理；而下卷則是一些遠古奇藥之方，風水堪輿之門，驅鬼降魔之術。擁有此書者，可以借書中之法術，成就一番大業。

可惜由於歷史紛爭，三卷《洛書神篇》變得支離破碎。上卷早在春秋戰國時期就已經被老子毀掉了，據傳老子看過上卷《洛書神篇》，認為姜子牙對「河圖洛書」的注解過於個人化，太膚淺了。他認為應該以「道」來解釋「河圖洛書」中對宇宙萬物的演變，以為「道生一，一生二，二生三，三生萬物」，「道」乃「夫莫之命（命令）而常自然」，因而「人法地，地法天，天法道，道法自然」。「道」為客觀自然規律，同時又具有「獨立而不改，周行而不殆」的永恆意義。於是，他認為《洛書神篇》不應該存在世上，以免貽害後人，當場就把上卷《洛書神篇》丟在火爐中燒了，這令後人憤歎不已。

有關中卷《洛書神篇》的傳說則有很多了，最初的就是春秋末期齊國樂安（今山東廣饒）人孫武，孫武得到中卷《洛書神篇》後，日夜研讀，終於寫下了流傳於世的十三篇《孫子兵法》，當年伍子胥向吳王闔閭形容孫子：「精通韜略，有鬼神不測之機，天地包藏之妙，自著兵法十三篇，世人莫知其能。誠得此任為將，雖天下莫敵，何論楚哉！」於是吳王闔閭請孫子出山，封為軍師，在孫子的幫助下，吳國軍隊連連打勝仗，最終使吳國成為春秋五霸之一。孫武死後，只有《孫子兵法》留世，那中卷《洛書神篇》不知所蹤。

到了秦朝末年，城父（今安徽亳州市東南）人張良，從一個老者的手上偶然得到了中卷《洛書神篇》，結果輔佐劉邦，開創了大漢四百年天下。

漢朝末期，南陽隆中諸葛孔明，得到了殘缺的中卷《洛書神篇》，結果三分天下。那部殘缺的中卷《洛書神篇》，後來被一個盜墓者從武侯祠旁邊的古洞中找到，不知怎麼輾轉到了浙江青田一個叫劉伯溫的隱士手裏，劉伯溫審時度世，在朱元璋的邀請下出山，當即提出了「時務十八策」的建國之本，並為朱元璋制訂了「先滅陳友諒，再滅張士誠，然後北向中原，一統天下」的戰略計畫，為大明王朝的建立立下了不朽的功勳。功成之後，劉伯溫深知「伴君如伴虎」的道理，因此，毅然選擇急流勇退，回青田隱居起來，繼續研究手上殘缺的中卷《洛書神篇》。

回鄉之前，朱元璋深知他手上有《洛書神篇》，能推算過去未來之事，便詢問大明的國祚幾何，兩人坐在火爐的旁邊，邊吃燒餅邊說話，於是有了流傳於民間的《燒餅歌》，洋洋一首兩千字不到的《燒餅歌》，由四十多首隱語歌謠組成，已經隱含了後五百年間所發生的大事情。由此可知《洛書神篇》的玄妙之處，是多麼的不可思議。

可惜中卷《洛書神篇》殘缺太多，劉伯溫雖然靠自己的悟性悟出了不少玄機，但是仍相去太遠。他在與淮西派首領李善長的爭鬥中占了上風，最終卻被李善長的心腹、奸臣胡惟庸所害。他死後，那部殘缺的中卷《洛書神篇》，從此再也不見了。

至於下卷《洛書神篇》，從春秋戰國以來，就失落在民間，期間落到不少人的手裏，於是便有了歷代的堪輿風水大師和星象推算大師。

關於《洛書神篇》的故事，潘教授以前就對苗君儒說過很多次，所以他知道，他還以為這些是考古的常識，誰料想潘教授是有目的的，是為他的此次之行做的事先安排。

苗君儒把信紙放回信封中，緩緩說道：「王凱魂得到的，是下卷《洛書神篇》。」

田掌櫃點頭說道：「你可能還不知道『河圖洛書』和那塊黃帝玉璧有什麼關係吧？」

苗君儒笑了一下，潘教授既然對他說了《洛書神篇》的故事，有關黃帝玉璧與「河圖洛書」的關係，自然也說了。

在大禹沒有得到洛書之前，「河圖洛書」已經出現過一次。傳說伏羲得到「河圖」後，依照「河圖」所示排成八卦推演之術，並命名為「洛書」，後來一次經過河洛，不巧將「河圖」與「洛書」落於河中，當時河中翻起大浪，一條黃龍手捧「河圖洛書」出現，伏羲見狀大笑，說暫且交給你保管，如果日後遇到明君，麻煩你轉交給他。

多少年後，黃帝打敗了炎帝和蚩尤，被各部落擁戴為部落聯盟頭領，在有熊建立了國家。沒有了戰亂，老百姓安居樂業，呈現一派太平景象。有一天，黃帝在洛水上，與大臣們觀賞風景，忽然見到一隻大鳥銜著卞圖，放到他面前，他連忙拜受下來。再看那鳥，形狀似鶴，雞頭、燕嘴、龜頸、龍形、駢翼、魚尾，五色俱備。圖中之字是慎德、仁義、仁智六個字。

黃帝從來不曾見過這鳥，便去問天老。天老告訴他說，這種鳥雄的叫鳳，雌的叫凰。早晨叫是登晨，白天叫是上祥，傍晚鳴叫是歸昌，夜裏鳴叫是保長。鳳凰一出，表明天下安寧，是大祥的徵兆。

後來，黃帝又夢見有兩條龍持一幅白圖從黃河中出來，獻給他。黃帝不解，又來詢問天老。天老回答說，這是「河圖洛書」要出的前兆。於是黃帝便與天老等遊於河洛之間，沉璧於河中，殺三牲齋戒。

最初是一連三日大霧，之後，又是七日七夜大雨。接著就有黃龍捧圖自河而出，黃帝跪接過來。只見圖上五色畢具，白圖藍葉朱文，正是「河圖洛書」。於是黃帝開始巡遊天下，封禪泰山。

黃帝迎「河圖洛書」所沉之璧，就是黃帝玉璧。

黃帝升天後，「河圖洛書」遺落於世。舜帝南巡之時過洛水，洛水大漲，掀起驚濤駭浪，隨從的人說水下有怪獸作祟，需要用寶物鎮之。於是舜帝便將「洛書」投於水中，「洛書」入水後，轉眼間風平浪靜。

到大禹治水的時候，才有神龜背馱著「洛書」獻給大禹，連同「洛書」一起，就是那塊黃帝丟到水中的玉璧。

苗君儒望著田掌櫃，說道：「你現在該告訴我關於你們的情況了吧，我連我剛才拜的娘娘是什麼都不知道！」

田掌櫃微微一笑，說道：「這話說來就長了，你應該知道南唐國師何令通吧？」

像苗君儒這種博學的考古人，怎麼會不知道歷代的堪輿大師呢？何令通，名溥，字令通，號潛齋，賜號紫霞，宜春（江西盧陵道）人，原為南唐國師，精通堪輿術。顯德年間，因諫李璟修牛首山陵不利，謫為休寧縣令，曾整治休寧縣城風水，後辭官為僧，修道精靈，用心火自灼而化身。著成《鐵彈子》、《靈城精義》，其書分兩卷；上卷論形氣，下卷論理氣。《休寧縣誌》稱：「凡徽人葬地之善者，多為何國師所扡。」何令通的風水堪輿術一直在徽州傳承。

苗君儒問，「你們和他有什麼關係嗎？」

田掌櫃說道：「何令通為什麼要阻止李璟在牛首山修建陵墓呢？」

對田掌櫃問的這個問題，苗君儒實在無法回答，很多歷史事件的真相，早已經埋沒在歲月的車輪中，後人無從知曉。他愣了一下，說道：「何令通為一代堪輿大師，想必看出牛首山不適合修建陵墓嗎？」

田掌櫃說道：「你說的只是其一，何令通沒有成為國師之前，是史館編修，一次偶然的機會，從一個盜墓人手裏得到幾十片竹木簡，看過之後，認為是下卷的《洛書神篇》，只可惜他得到的是一小部分，就仗著那一小部分的下卷《洛書神篇》，他對風水堪輿之術日漸精通，最終成了國師。

「牛首山逶迤於長江和外秦淮河之間的丘陵地帶。北連翠屏山，南接祖堂山，山勢均力敵奇特，狀如牛頭雙犄，故名牛首山。牛首山南北明暗真砂連氣，長江與淮河兩條青龍對應，確實是一座龍脈所在，風水上稱為二龍護真，是天子之穴。只可惜牛首二角相犄，煞氣對沖，只能容納一主。

「南唐開國皇帝先主李昪已經葬在這裏了，若照二龍護真天子穴的讖語看，可保南唐歷六世皇帝。李璟沒死之前，就想和父親葬在一起，對何令通的建議根本聽不進去。從風水上看，如果李璟真要葬下去的話，二龍護真天子穴就被破了，變成二牛相沖血煞穴，敗國毀家殃及子孫。

「李璟也知道強行葬下去不行，但是聽信了一個江湖術士的話，只要用三百名童女的血灑在陵墓上，用童女的陰氣沖去牛角上的煞氣，再用九十九個妙齡處女殉葬，就沒有事了。這種方法確實可行，只是殺孽太重。李璟要何令通配合那個江湖術士去辦這件事，被何令通婉言拒絕。李璟雖然很生氣，但是沒有處罰何令通……」

苗君儒忍不住問，「後來李璟為什麼要處罰他呢？」

「原因就是他手上的那一小部分下卷《洛書神篇》，」田掌櫃說道：「那個江湖術士其實是個盜墓的，也不知道從哪裏得知何令通有下卷《洛書神篇》，他用了很多手段，都沒有方法把《洛書神篇》弄到手，他向李璟進言的目的，是想逼何令通就範。再者，他是想借用建造陵墓之便，盜挖李昪的陵墓。」

「那個傢伙的膽子也太大了，」苗君儒說道。

「膽子確實夠大，」田掌櫃說道：「那個術士還想在建陵墓的時候，偷偷留下一條密道，以便日後進去盜寶。他的所作所為，都被何令通看穿。何令通也曾奏明李璟，詳說此事，但是李璟卻不相信，怪何令通多事！」

「想不到李璟不相信自己的國師，卻相信一個江湖術士，這倒是有些奇怪。」苗君儒說道。

「那個江湖術士也有過人之處，會些旁門左道的道術，把李璟給迷住了，」田掌櫃說道：「何令通只得另想辦法制止那個術士，尋找有力的證據，沒有多久，他在調查中發現那個術士用那三百童女試藥，這個時候，他才明白過來，原來那個術士手上，也有一部分殘缺的下卷《洛書神篇》，正用《洛書神篇》中的秘方製作成一種藥，想把人變成蟄龍。」

苗君儒笑了笑，聽田掌櫃說了這麼久，終於到正題上了。他問：「那個術士為什麼要那麼做？」

「還不是為了神女峰下的定海神針？」田掌櫃說道：「那時的黃帝玉璧已經落在後周殿前都點檢趙匡胤的手中，遼國趁中原大亂之際一直想南侵，苦於沒有厲害的武器……」

苗君儒忍不住「哦」了一聲，想不到這事情牽扯得越來越廣了，連遼國也牽扯進來了。

田掌櫃說道：「何令通終於查出那個江湖術士，就是遼國的副軍師耶律洪光，他連夜進宮面聖，哪知李璟根本不願意見他。耶律洪光利用修建陵墓之便，在牛首山頂建了一個鼎天爐。此爐依照玄天八卦之術，集天地靈氣，若得定海神針相助，可抗衡黃帝玉璧的天子王氣。遼國軍隊可長驅直入，以摧枯拉朽之勢一舉吞併中原。」

「好毒辣的計畫，」苗君儒不由得說道。

「當然，李璟並不知道耶律洪光的毒計，只相信耶律洪光的一面之辭，說什麼鼎天爐可以減弱牛角相沖的煞氣，保後唐十世皇帝，」田掌櫃說道：「何令通無奈，只得甘冒欺君大罪，趁耶律洪光不注意，將鼎天爐毀掉。可惜他的法術不及耶律洪光，被耶律洪光抓住後，沉入牛首山下一個古洞的海眼中。」

「他不是沒死嗎？」苗君儒問。

「他是沒有死，」田掌櫃點頭說道：「是海眼中的一條蟄龍救了他，就是你拜過的那尊娘娘！」

「哦，那條蟄龍一直都在海眼中的嗎？」苗君儒問。

「其實那條蟄龍是其中的一個女童變的，」田掌櫃說道：「耶律洪光將試藥過的那些女童全丟到那個海眼中，有的女童當場就淹死了，只有一個女童活了下來，這個女童從小就生活在水邊，有很好的水性。變成蟄龍的女童，在救起何令通的時候，已經陸續救起了十個女童。所有活著的女童，全都變成了人首魚身的怪物。」

「她們後來怎麼樣了？」苗君儒問。

田掌櫃說道：「耶律洪光知道試藥的女孩成功變身後，便抓來了女孩們的父母與兄弟，強迫女孩跟他走，去神女峰下面取出定海神針，如果女孩們不答應，就殺掉她們的父母與兄弟。那些女孩無奈，只得任他擺佈。

「耶律洪光把那些女孩裝到船裏，順江而上，行不了多遠，何令通帶人追到，雙方在水上展開一場惡戰，直戰得天地變色濁浪滔天，最後在那條蟄龍的幫助下，何令通終於把耶律洪光殺死了。耶律洪光已死，可惜那些女孩子再也不能回歸人樣，只能夠一輩子生活在水中，由於她們心存怨恨之氣，所以在長江上經常翻起驚濤駭浪，過往船隻無不船毀人亡。何令通見到這樣的情況，在江邊開壇設法，請來幾十個得道高僧，超度那些女孩子，消除她們的怨氣，於是風平浪靜江水平息。事情到了這裏，並未結束！」

「應該妥善地安置那些女孩子的，」苗君儒說道：「何令通後來是怎麼做的？」

「出了這麼大的事情，李璟本來要殺他的，但是群臣力保，才留下他一命，貶他去了徽州休寧，臨行的時候，江水暴漲三尺，眾鰲龍出水面相送，」田掌櫃說道：「何令通也覺得這些鰲龍的去留是個大問題，於是請來了龍虎山的道德真君，為這些鰲龍尋個好的去處，道德真君以道家法力，將這些鰲龍送去了五湖四海，留下最大的一條——也就是最初變身的那個女孩子，為長江水神，在長江護佑來往船隻，並用西域進貢的上古檀香木，雕刻了一尊那條鰲龍的雕像，在江邊建了水神廟，供後人祭祀。每年的六月初五，是那個女孩子的變身之日，長江之水都會暴漲三尺……」

「你們這個幫會是怎麼來的呢？」苗君儒問道。

「她本來就是漁民的女兒，江邊的漁民靠水生活，尊她為水神娘娘，」田掌櫃說道：「何令通離開之前，把他手中的《洛書神篇》，連同從耶律洪光那裏得來的《洛書神篇》，放在一個很隱秘的地方，他將那地方繪成圖紙，藏在水神娘娘的雕像裏。他的此舉引來了各路人馬的瘋奪，都想將《洛書神篇》占為己有。為了保護水神娘娘的雕像不為他人所盜，有一個叫郝老大的漁民，組織起了一幫人……」

田掌櫃的話還沒有說完，苗君儒說道：「你可別告訴我說，你們就是水神幫！」

不料田掌櫃微微點頭，說道：「你還真的猜對了！」

苗君儒早就聽說過，水神幫是長江上一個古老而又神秘的幫派，幫派亦正亦邪，由於隱藏得很深，外人無法得知其真實的情況。據說水神幫的鎮幫之寶，是一本可以呼風喚雨扭轉乾坤的神秘天笈。所以許多人都想找到水神幫，拿到那本神秘天笈。千百年來，無論什麼人用什麼方法，都無法得到那本神秘天笈，反而掀起一場場江湖血腥殺戮。

水神幫始終保持著人不犯我我不犯人的幫規，他們一旦被觸怒，復仇的手段是殘忍而又無情的。清朝初年，兩湖總督多善，千方百計打探到水神幫的總舵所在，派人潛入盜寶，結果引起一場長達半年的殺戮。最後多善的總督府在一夜之間慘遭血洗，男女老少無一倖免，就連襁褓中的嬰兒也被人用刀砍為兩斷。

清廷十分震怒，攝政王多爾袞發誓要滅掉水神幫，替他的侄子多善報仇。於是，長江中下游的漁民盡遭清兵屠戮，直接死於這件事的人，多達十萬餘人。從那以後，水神幫彷彿在人間消失了一般，江湖上便再也沒有水神幫的消息了。但是據民間傳聞，水神幫仍在三峽一帶出沒。

苗君儒沒有想到，水神幫的鎮幫之寶，就是殘缺的下卷《洛書神篇》，他更沒有想到，自己已經在無意之間，被迫加入了該幫。

他問道：「我有一點想不明白，你們是長江上的幫派，按道理應該以水為生，可是為什麼要幹上盜墓那樣的營生呢？」

田掌櫃說道：「當年多爾袞為了把我們趕盡殺絕，殺光了長江上的漁民，沒有辦法，我們只得上了岸，為了救濟那些沒有被殺的漁民，我們選擇了盜墓這一行當，有《洛書神篇》相助，對於我們來說，盜墓易如反掌。我開那個古董店，一來是做掩護，幫忙賣出從墳墓中挖出來的東西，二來是幫內的一個聯絡點。」

原來是這樣，其實有些時候，人為了生存，會被逼著去做不願意做的事情。

苗君儒問道：「王凱魂是你們的幫主？」

田掌櫃說道：「乾隆年間，我們幫內兩個人為了爭奪幫主之位，導致了一場內部屠殺，損失慘重，看著一個個親如手足的兄弟倒在血泊中，四大執事長老決定今後不設立幫主，所以現在我們沒有幫主，只有長老。」

苗君儒說道：「除了你之外，神貓李也是四大執事長老之一，我說的沒有錯吧？」

田掌櫃微微笑了一下，搖了搖頭又點頭。

苗君儒問道：「還有另外的兩個呢？」

田掌櫃說道：「到他們出現的時候，你自然就見到了！」

苗君儒說道：「我還有一件事想不明白，你剛才說何令通把《洛書神篇》放在了一個秘密的地方，可是王凱魂又是如何得到《洛書神篇》的呢？難道他利用水神娘娘雕像裏的地圖，找到了《洛書神篇》？」

田掌櫃說道：「其實人有時候講究的是機遇，這事要從明朝末年開始說起，李自成率起義軍進攻北京的同時，命手下悍將王先勇查找《洛書神篇》的下落，王先勇的祖上本是水神幫的長老，他自己也精通風水地理和奇門八卦之術。在一天夜裏，他偷出了那張地圖，找到了地圖中所指的那地方，就是牛首山下的海眼，從海眼中取出了《洛書神篇》，可惜此時，大順軍兵敗如山倒。闖王李自成在九宮山遇難的消息傳出後，他將取出的《洛書神篇》獻給了幫主。」

苗君儒說道：「這王先勇就是王凱魂的祖上？」

田掌櫃說道：「不錯，我們幫內的規矩，一旦入幫，其子孫後代均是幫中弟子。當年幫主見大明天下不保，滿洲韃子入侵，便想取出三件寶物，派人去塞外玄幽古城中找到幽冥通道，拿出那塊黃帝玉璧，可保大明江山。王先勇利用《洛書神篇》的秘方製藥，想造出一個可以與神女峰下面的怪物抗衡的蟄龍，可惜直到他死，都沒有實現，而那時，清朝已經入關，建立大清國了。從那以後，他的後人就不斷試藥，但都沒有成功。我們也多次派人進入神女峰下面的漩渦，可無論進入多少人，都沒有出來的。」

苗君儒苦笑道：「也許我們這一次下去，也沒有命出來！」

兩人聊了這麼久，外面的天色已經微明，田掌櫃起身道：「你先休息一下，再過一個時辰，我們就出發，去三峽神女峰。」

田掌櫃走後，苗君儒在旁邊的竹床上躺了下來，他根本睡不著，細想著這件事的前因後果，越想越覺得奇怪，作為執事長老的神貓李，在得到兩件寶物後，為什麼不回總堂，和大家想辦法一起取出第三件寶物呢。他手上的寶玉兮盒，怎麼會到了黃森勃手裏？

那麼，偽政府市長劉顯中在這件事中，扮演的是個什麼角色？

還有那個梅國龍，究竟是在替誰辦事？

他躺了一會兒，索性起床。他只是一個考古人，不想捲入政治紛爭，雖然對古代傳說中故事非常嚮往，也想探個真偽，但實在太兇險了，這一下去，也許永遠留在那下面了。他想起了廖清，如果他一死，廖清肯定會很傷心，他答應過她，一定要回去的。

思來想去，他決定趁現在天色剛明，偷偷離開這裏，遠離這場是非。

他收拾好背包，背在肩上，輕輕打開竹門，不料見一個人站在門口，他驚道：「是你！」

第四章

東方魔鬼

外國的科學家們無論如何都不相信，
在中國這片古老而又神秘的土地上，
居然還有槍打不死的人。
但是報紙上有照片為證，不由人不相信。
一時間，各大報刊媒體爭相轉載，
身穿一襲黑衣，只露出眼睛的「東方魔鬼」，
頻繁地出現在世界各大報刊媒體上。

搜神異寶錄

站在苗君儒面前的，是一個用黑布包著頭部和全身的人，只露出一雙犀利的眼睛，從這雙閃著逼人氣勢的眼神中，他已經認出對方就是變身後的王凱魂。

王凱魂問：「現在還沒有到出發的時候，你想去哪裏？」

苗君儒勉強笑了一下，說道：「我只是想在這個院子裏走一走！」

「你最好不要想離開我們，」王凱魂低聲說道：「如果你逃走，我也會很快找到你，處決幫內的叛徒，我們從來不手軟，所用的方法你想都想不到。」

苗君儒想了一下，坦然說道：「你認為我們有幾成的把握拿到定海神針？」

王凱魂說道：「一成都沒有！」

「既然一成都沒有，就等於我們是去送死，」苗君儒說道：「我真的不想死在那裏！」

「沒有人想死在那裏，」王凱魂說道：「要死的話，我們會陪你一起死！」

「就算我們拿到定海神針又怎麼樣？」苗君儒說道：「還有另外的兩件寶物不在我們的手裏。」

王凱魂發出一聲大笑，聲音很刺耳，苗君儒忍不住用手捂著耳朵。笑完後，王凱魂說道：「現在另外的兩件寶物已經面世，如果定海神針現世的話，就看誰有本事把三件寶物全拿到手了！」

苗君儒明白了王凱魂的意思，可是他也擔心一旦拿出定海神針的話，會引起一場血腥紛爭，如果那塊黃帝玉璧落入野心者手中，那樣一來，可就無法告慰潘教授的在天之靈了。

「冥冥之中自有定數，你也不要太擔心，」王凱魂說道：「自古邪不勝正，是至恒之理，我相信你！」

苗君儒不知道說什麼才好，話雖這麼說，可他都不相信自己。

一個漢子走過來，朝王凱魂低頭施禮道：「稟蟄神，已經準備妥當，可以出發了！」

苗君儒跟隨著王凱魂，由農莊的一道側門走了出去，隨行的有十幾個漢子，都是穿著青一色的黑布短褂，下身穿著油布短褲，赤著腳。

出門的時候並沒有看到田掌櫃，或許他回店裏去了。執事長老是管事的，並不一定要跟著出去辦事。

往前走了一段路，下一道土坡，就看到停靠在水中的一艘帆船。船頭上有一個黑乎乎的大東西，走近一看，原來是一口大缸，也不知道這口大缸是做什麼用的。

船上早已經有人候著了，他們一行人一上船，船立馬駛開，往前行了一段水路，進入一片大水域，看來就是長江了。他們上船的地方，是長江邊上的一個小河汊。

苗君儒和王凱魂坐在船艙裏喝茶，旁邊有兩個人伺候著。茶是上等的雲霧，水是純正的山泉。苗君儒在第一眼見到王凱魂的時候，就知道對方是一個很有教養和品味的人。

「泡茶的水不能燒開，八九分開就可以了，這樣的水沖出來的茶，才能品出真正的茶味！」王凱魂一邊說著，一邊將手中的水壺對準茶杯沖了下去。茶杯剛剛用開水燙過，裏面放了一撮茶葉。水壺原本是放在邊上的小火爐上燒的，剛剛聽到水響，正是八九分開的時候。

苗君儒看到那水沖入茶杯後，茶葉在水中翻滾著，立即聞到了一股茶葉的淡淡清香。

王凱魂飛快地將第一杯茶水倒掉，重新沖上水，蓋上碗蓋。苗君儒看到他的手，與常人無異，完全不同於昨天晚上看到的爪子。

王凱魂見苗君儒看著他的手，便道：「我現在已經和一個正常人一樣了，只有在水裏，我才會變身成蟄龍！但是我的皮膚很嫩，不能見光！」

苗君儒說道：「能夠讓我看一下你手上的《洛書神篇》嗎？」

王凱魂端起茶碗，喝了一口茶，說道：「現在不在我的身上，如果我們有命回來的話，我把《洛書神篇》送給你！」

「《洛書神篇》不是水神幫的鎮幫之寶嗎？」苗君儒說道：「怎麼可以隨隨便便送人呢？」

「你不是外人，」王凱魂說道：「如果你幫忙取出了定海神針，我想升你為執事長老。」

帆船張開兩張大布帆順流而下，速度很快，一個肌肉遒勁的漢子雙手緊緊地抓住舵，使船在洶湧的波濤之間行駛得又平又穩，碗中的茶水都未曾漾出一滴。

苗君儒也端起茶碗喝了一口，茶水入口清香無比，水質甘醇，幾口茶下肚，精神頓時為之一震，精力充沛無比，他驚道：「這是什麼茶？」

「是我特製的，」王凱魂慢悠悠地說道：「我在裏面加了十幾味藥！」

「為什麼要在茶裏面加藥？」苗君儒問。

「為了控制你，」王凱魂說道：「今後你每年都要回來一次喝我的解藥，否則會五臟腐爛而死，無藥可救，我下的藥，比苗疆的蠱毒還厲害十倍，如果不信的話，你可以試一試！」

自古以來，很多幫會就有用藥物控制幫眾的做法，並不足為怪。苗君儒本就想離開水神幫，這樣一來，想脫離都困難了。他相信王凱魂說的話，一個能夠把人變成鰲龍的人，其研製出來的藥物，肯定也是曠古絕今的。

他說道：「這次下去了還不知道有沒有命回來，等我出來後，你再給我下藥也好呀！」

「都一樣，」王凱魂說道：「如果你覺得睏了，就休息一會兒！」

非常奇怪，王凱魂的話剛說完，苗君儒就睏得不行了，眼皮都抬不起來，他的上半身靠在桌子上，昏沉沉睡了過去。

旁邊一個漢子上前，把苗君儒抱到一旁的躺椅上放下，並在他的身上蓋上一塊薄毯。

王凱魂走出船艙，站在船頭上極目遠望，見江面上白帆點點，百舸爭流。不時有一兩艘鐵甲大輪船，鳴著笛逆水而上。

王凱魂他們這艘帆船與一般的帆船不同，造型上延續了明朝的帆船式樣，顯得古色古香，船首上安放著一個巨大的龍頭，顯得威猛無比。

這時候，一艘大輪船開足了馬力，斜著朝帆船直撞過來。轉眼間，兩船相距不過二十幾米，由於船在激流中，根本無從閃避，眼看就要船毀人亡。船上的那些漢子見狀，各自持刀蹲在船舷邊，一手晃動著勾繩，打算在大輪船近身的時候，用勾繩勾住大輪船的船舷，飛身上去，與洋人拚命。

大輪船上的洋人見狀，以為遇上了水匪。輪船的衝勢未減，船頭上出現一排持槍的洋兵，一陣槍響，帆船上有七八個漢子頓時中槍倒地。剩下的幾個漢子，飛出勾繩勾住大輪船的船舷，身體如燕子般的飛上去，可惜他們還未飛上大輪船，就被輪船上射出的子彈擊中，落入波濤之中，瞬間被江水吞沒。

有一個漢子衝上了輪船，揮刀砍翻一名洋兵後，身體被子彈打成了馬蜂窩。

「把穩舵！」王凱魂大叫著，操起一根碗口粗的篙，就在大輪船撞上來的那一霎那，用篙抵住大輪船，不讓輪船撞上帆船。輪船上的子彈如雨般潑向他，子彈射在他身上後落在船板上，在船板上滴溜溜地滾動著。

王凱魂大吼一聲，硬生生將帆船在激流中與大輪船抵開，兩船擦身而過。「轟」的一聲，從輪船上飛來一發炮彈，將帆船的主桅杆擊斷，桅杆往右落到水裏，帆船猛地一斜，險些側翻。

這一上一下，轉眼間兩船已經隔開來二三十米，又一發炮彈飛來，落在帆船的旁邊，激起幾米高的水柱。

看著那大輪船上趾高氣揚的洋人，還有那刺眼的米字旗。王凱魂的氣就不打一處來，二十幾年前，他和神貓李一起加入義和團，想扶清滅洋，結果清廷沒有扶起來，洋人也滅不了，反倒差點把自己的命給搭上去。後來神貓李帶著一些從明孝陵中偷出來的珠寶，逃到南方去了，而他被墓火燒了之後，卻被人送回到水神幫總堂，繼續研究《洛書神篇》。

自滿清以來，洋人就一直騎在中國人的頭上作威作福，那些外國的輪船，在長江上橫衝直撞，經常拿中國的漁船試炮，一炮過去，船毀人亡，水面上只漂浮著幾片破碎的木板。是可忍孰不可忍，王凱魂張開雙臂，身上的黑布衣服頓時像鳥的羽翼，如鷹隼一般平空從船頭掠起，斜著滑向輪船。

輪船上的洋兵紛紛舉槍射擊，槍聲中，他已經落在了輪船上，伸手抓住一名洋兵的脖子，只一捏，便將洋兵的喉管捏碎。單手提起那洋兵，遠遠地摜入波濤之中。

片刻間，已有十幾個洋兵被他這麼捏碎喉管摜入江中。其他的洋兵嚇壞了，邊開槍邊朝船艙內退去，他們長這麼大，還從來沒有聽說有不怕子彈的人。

這人肯定不是人，是魔鬼！

從船艙中走出一個身披黃色長袍、白髮蒼蒼的教父，一手拿著一個十字架，一手拿著一本書，嘴裏高聲念著不知道什麼咒語，一步步朝王凱魂逼過去。

在參加義和團的時候，王凱魂見過這種洋人傳教士，什麼本事也沒有就會騙人，還叫人相信什麼天上那個叫耶穌的上帝，洋人除了槍炮厲害點外，其他的一無是處。剛才那些洋人朝他開槍，他以為必死無疑，那知道子彈射在他身上後，他只感覺一陣麻癢，並沒有血流出。方知變身後的他有法力護體，真正是刀槍不入。

想起他以前的那些義和團兄弟，一個個高喊著「神功護體刀槍不入」，赤裸著上身朝洋人衝上去，可最後卻一個個倒在洋人的槍炮下，也真的是可悲。

他一把抓著那個教父的脖子，說道：「你們洋人的玩意兒奈何不了我！」

「你到底……是人……還是鬼？」教父漲紅著臉，從喉嚨裏擠出幾個字來，在中國傳教多年，他早已經學會說一口流利的中國話。

「我既不是人，也不是鬼，我是神！」王凱魂的手指用力，就在他捏斷教父喉管的時候，看到教父脖子上掛著的一條項鍊，項鍊是由一串黑色的珠子穿成，末端是一塊墨玉雕成的蟄神。

他大吃一驚，放開了教父，將項鍊從教父的脖子上取了下來，厲聲問：「這條項鍊你是從哪裏得來的？」

教父乾咳了好幾聲，才順過氣來，見王凱魂問他這條項鍊的來歷，忙說道：「是一個女人送給我的！」

「她人呢？」王凱魂急切地問。

「死了，」教父說道：「二十多年前，我在長江邊上見到一個快要死的女人，女人的身邊有一個七八歲大的男孩子，那女人胸部中了兩槍，血都流光了，能夠熬到那個時候，真的是奇蹟。孩子得了肺病，發著高燒，如果不及時治療，也會死！那個女人求我救救她的孩子，並把這條項鍊送給我，說是以後在長江上來去，可保我的性命。我見這條項鍊很奇特，就收下了。就算她不送給我項鍊，我也會救那個孩子的。」

「那個孩子呢？」王凱魂的聲音幾乎是吼出來的，他抓著教父的手，幾乎要將骨頭捏碎。

「你再這麼抓，我的手就要斷掉了，」教父痛得眼淚都出來了，「你先放開，我慢慢說給你聽。」

王凱魂放開了教父的手，在這甲板之上，他諒對方也不敢使花招。不遠處的那些洋兵，根本不敢走過來，畏懼地看著這邊。

教父揉著幾乎麻木的手臂，說道：「那個孩子被我治好後，後來送去了我一個朋友那裏！」

「你那個朋友叫什麼名字？」王凱魂的語氣緩和了不少。

「叫陳家鼎，聽說半年前已經死了，」教父說道：「我和他很少聯繫，民國十三年的時候，他給我來過一封信，說那個孩子已經長大成人，進了總統府衛士班，那一年陳炯明發動叛亂，情況就不得而知了！」

對於陳家鼎這個人，王凱魂一無所知，當他聽說那個孩子跟隨孫先生革命時，眼中出現了一抹寬慰的表情。那一年義和團失敗，他逃到武漢，想與妻兒一道往南方走，他通過幫內的兄弟，與妻子約好在江邊見面，可是當他趕到那裏的時候，只見滿地的屍體。他的妻子和七歲大的兒子，生不見人死不見屍。二十多年來，他找遍了大江南北，都沒有他們母子的消息，若不是今日見到這條禦龍珠，他到死都不知道他的兒子還活著。

可惜陳家鼎已經死了，不然的話，找到陳家鼎，就能夠見到兒子了。他望著手中的這條禦龍珠，這條禦龍珠所用的材質，與那尊水神娘娘一樣，用的是上古檀香木，是幫內的聖物，原來為歷代幫主所有，後來撤掉幫主之位，禦龍珠就與水神娘娘一同供奉在總堂。四十年前，他的父親帶著他和一批水手，請出這條禦龍珠，想借禦龍珠的法力進入神女峰下的龍宮，取出定海神針。他們剛進入漩渦就被巨大的暗流沖散，他的父親見狀不妙，便將禦龍珠掛在他的身上，把他推出了暗流。醒來後，他發覺身在一艘小漁船上，身邊坐著一個美麗的漁家女。一年後，那個美麗的漁家女成了他的妻子。這條禦龍珠成了他們的定情物，一直掛在他妻子的脖子上。回到幫內，他向幾大長老講述了下漩渦的經過，只說就他一人逃回一命，隱瞞了禦龍珠被他帶回來的真相。

見珠如見人，他的眼圈一熱，幾乎要流下淚來。當初若不是跟著神貓李去參加義和團的話，也不會鬧得家破人亡，妻離子散。

「你沒事吧？」教父見他這樣子，忙問道。

王凱魂朝教父深深施了一禮，說道：「你是我們王家的大恩人，我真不知道該如何報答你！」

教父說道：「我們是在替上帝救人，從來不要求人報答，你要感謝的話，就感謝上帝吧！」

王凱魂收起這條禦龍珠，朝那些洋兵走過去。這些洋兵殺了那麼多幫內的兄弟，還用炮打斷了龍船的主桅杆，這筆血債一定要用血來償還。這艘輪船上，除了教父之外，其他的洋人都要死。

那些洋兵見他走過去，紛紛開槍射擊。他的身形一晃，已經抓住了兩個洋兵。慘叫聲中，兩個洋兵的身體在空中劃出一個美麗的圓弧，落入水中。

教父從後面追上來，想要制止王凱魂的殺戮，不料被一顆流彈擊中胸部。王凱魂聽到身後傳來教父的叫聲，回頭一看，見教父的胸前迸出一道血花，身體軟軟地倒了下去，他連忙上前扶住教父。

「看在上帝的面子上，饒過他們吧！」教父吃力地說道。

「是他們先挑起事端的，我一定要把他們全部殺光，」王凱魂的眼中閃動著憤怒的火焰。

「你們中國人有一句話，得饒人處且饒人，你今天殺了他們，明天……這江邊的漁民……可就遭殃了……你不為……你自己想一想……也應該為你們……中國人想一想……」教父的聲音越來越弱：「請你……答應……我……求你……」

「好吧，我答應你！」王凱魂說道。他也殺了十幾個洋兵，夠數了。教父說的不錯，如果真的把全船的洋人都殺完，會招來洋人的瘋狂報復，這長江上下的漁民，真的要遭殃了。

教父的口中吐出血沫：「我還想……知道……為什麼……那些士兵……的槍打……不死……你……」

王凱魂說道：「我說過，我不是人，是神！」

教父的手在胸前緩慢地劃了一個十字後，眼睛慢慢地閉上了。

王凱魂站起身，朝那些面露懼色的洋兵吼道：「今天要不是看在教父的面子上，一定殺光了你們！」

他走到船舷邊，迎風縱身飛起，升上十幾米高空後，身體一轉，像一隻大鳥一般，朝五百米開外的帆船追上去。那些洋兵全都看呆了，一個個半天都沒有回過神來。

王凱魂並不知道，當時輪船上有幾個外國的記者，他們把所見到的情況發在不同的報紙上，在西方國家引起軒然大波，外國的科學家們無論如何都不相信，在中國這片古老而又神秘的土地上，居然還有槍打不死的人。但是報紙上有照片為證，不由人不相信。一時間，各大報刊媒體爭相轉載，身穿一襲黑衣，只露出眼睛的「東方魔鬼」，頻繁地出現在世界各大報刊媒體上。

從這以後，外輪在長江上航行的時候，再也不敢肆意地欺負中國的漁船，一見到那種船頭上有龍首的帆船，趕緊遠遠地避開。王凱魂此舉，為長江上飽受外輪欺負的漁民，帶來了福音。

苗君儒終於醒了過來，頭還很暈，他用指頭揉了揉太陽穴，感覺舒服多了。船艙內點了一盞馬燈，除了他之外，沒有別人。

他起身走出船艙，見夜色下，船頭的大缸邊上站著一個人，正是王凱魂。

「我還以為你要睡到明天上午才醒來，」王凱魂頭也不回地說道：「一般的人吃了我的藥後，起碼要睡十個時辰，你的體質與一般人不同。」

苗君儒見船上一塌糊塗，主桅杆從中折斷，碎木板落得滿地都是，船舷上有彈痕，船板還有血跡，除了他和王凱魂外，沒有看到別人，也不知在他昏迷的這陣時間裏，發生了什麼事情。便問：「發生了什麼事，其他的人呢？」

「不關你的事情，不要多問，」王凱魂的聲音很冷漠，「茶几上有一本小冊子，你最好看一下！後天早上，我們就到奉節了。」

苗君儒沒有再說話，見江面上漁火點點，不時傳來大輪船的汽笛聲。王凱魂站在那裏，一動也不動，就像一尊雕像一般，眼神望著遠處的江面。

在船頭站了一會兒，江風陣陣，苗君儒感覺有點冷，他回到船艙內，果然見茶几上放著一本顏色發黃的小本子，是一本古籍。

這時，聽到外面傳來一陣呵呵呼呼的奇怪聲音，那聲音很刺耳，他起身朝外面望了一下，見王凱魂將雙手攏在嘴邊，對著江水發出那種奇怪的聲音。

他返身坐了下來，見本子上面的字跡很工整，是小篆。他看清封面上的幾個字後，吃了一驚。

是《洛書神篇》副卷的手譯本。

《洛書神篇》不是只有上中下三卷的嗎，怎麼還有副卷呢？莫非是後人根據其中一卷中的部分內容，衍生出來的。

封面的左下角有四個小字：青松散人。

青松散人是東晉堪輿大師郭璞自封的號，他在古文字學和訓詁學方面有頗深的造詣，曾注釋《周易》、《山海經》、《爾雅》、《方言》及《楚辭》等古籍。

郭璞詩文本有數萬言，「詞賦為中興之冠」《晉書·郭璞傳》，多數散佚。今尚存辭賦十篇，較完整的詩十八首。《隋書·經籍志》記載有「晉弘農太守《郭璞集》十七卷」。今不存。明張溥輯有《郭弘農集》二卷，收入《漢魏六朝百三家集》。

相傳從河東郭公，授青囊九卷，洞悉陰陽、天文、五行、卜筮之事。亦有傳說郭璞係得青烏子所授。璞於元帝時會召為『著作佐郎』，帝崩，璞亦以母喪去職。世傳《葬書》、《青囊經》為其遺作。郭璞是歷史上第一個給風水定義的人，他在《葬書》中云：葬者，乘生氣也。氣乘風則散，界水則止。古人聚之使不散，行之使有止，故謂之風水。後人都視郭璞為風水史上之鼻祖。

《洛書神篇》曾經落到郭璞的手中，所以才有了這本副卷。

苗君儒翻開第一頁，看到上面畫著河圖洛書的兩幅圖。河圖上，排列成數陣的黑點和白點，四象、廿八宿俱全，其佈置形意，上合天文，下合地理，蘊藏著無窮的奧秘；洛書上，縱、橫、斜三條線上的三個數字，其和皆等於十五，十分奇妙。

翻開第二頁，見到了一些解說文字：天地人，三元合一，不可分。天，龍星，側，潛，九四，剛柔相濟，不可用……與易經上的有幾分相似，可惜文字過於深奧，他看了一會兒，竟看得不太懂。

隨後翻了幾頁，都是類似的語句，直翻到最後一頁，見到兩段小篆文字，竟是寫如何盜取定海神針的：「初，渦，左旋順天，生；右旋逆天，入魔道。首重，二龍護門，逢龍，需蟄龍助，選猴年龍時陽剛之人入。」

這一段是寫從漩渦中下去的，估計寫這段文字的人，最多知道如何見到那兩條護第一道門的龍，至於進去後裏面是什麼樣子，也不清楚。因為數千年來，並沒有人進去過。

他往下看：「巔，奇道焉，九重天，九九八十一難，入者死；知河圖洛書者，循天地異數方解……」

後面還有些字跡，竟模糊不清了。

原來到龍宮中有兩條路，一條從水裏直接下去，一條由神女峰頂的那條密道中進去，只不過那條密道中有上下九層，每一層都有九道機關，只有通曉河圖洛書中天地異數的人，才可以破解。想必這麼多年來，已經不知道有多少人喪身在裏面了。

最後面的這兩段文字，肯定是後人加上去的。

神貓李給梅國龍的那張紙，正是那條密道的地圖。

這個時候，或許梅國龍已經帶著人，按地圖所指進入密道了，密道內那麼多機關，他們能夠安全闖過去麼？

苗君儒合上那本小冊子，要走出船艙，突然覺得船身猛地一晃，茶几上的馬燈險些掉落在地。他以為船撞上礁石了，忙出艙一看，見船邊湧起一道十幾米高的水柱。

水柱之上，出現一顆龍頭，與北平紫禁城內磚木上雕刻的龍頭一般無二。

龍，自古以來是中國神話傳說中的神異動物，其樣子為駱頭，蛇身，鹿角，龜眼，魚鱗，虎掌，鷹爪，牛耳。這種複合結構，意味著龍是萬獸之首，萬能之神。神龍善能變化、能興雲雨、利萬物、能隱能顯。為眾鱗蟲之長，四靈（龍、鳳、麒麟、龜）之首；後成為皇權象徵，歷代帝王都自命為龍，使用器物也以龍為裝飾。《山海經》記載，夏後啟、蓐收、句芒等都「乘雨龍」。前人分龍為四種：有鱗者稱蛟龍；有翼者稱為應龍；有角的叫螭龍，無角的叫虯。

上下數千年，龍已滲透了中國社會的各個方面，成為一種文化的凝聚和積澱。龍成了中國的象徵、中華民族的象徵、中國文化的象徵。只在書本古籍與建築雕刻上，才能見到這種神異動物的模樣。誰也沒有見過活著的龍是什麼樣子。

雖然民間有傳聞說長江與黃河中時有蛟龍出沒，但都沒有確鑿的證據。無論哪個科學領域的學者，只相信龍生活在人們的心中，現實中並不存在。現在，苗君儒就見到了真正的龍。那顆龍頭，比牛頭要大得多，在夜色下，兩隻龍眼射出逼人的寒光，令人不敢面對。

一聲巨吼，船頭上掠起一道人影，撲入水中。

低沉的龍吟聲過後，水柱落回水面，那顆龍頭不見了。

苗君儒想起王凱魂發出的那種奇怪的聲音，莫非就是民間傳說的呼龍術？他撲到船舷邊，極目望去，見水面上翻騰起幾米高的大浪，江風驟然大了起來，呼呼地刮個不停。方才還是繁星點點的夜空，此刻佈滿了烏雲，雲層中閃現道道閃電，巨大的雷聲彷彿就在人的頭頂炸開。

船上的兩張小帆鼓張著，兩根桅杆似乎不堪重負，發出吱吱嘎嘎的聲音。船隻在風浪中搖晃不定，如同風雨中的落葉。船艙中馬燈掉在船板上，熄了。他用力抓著船舷，才使自己不至於落到水裏去，江面上波濤洶湧起伏，遠近的船隻早已經看不見了。

長江上絕少有這麼大的風浪，何況現在還沒有到梅雨季節，江水也沒有漲多少。這樣的時候出現這樣的大風浪，是很不正常的。

莫非出了什麼事？

船上黑黑的一片，好像只剩下他一個人，他大聲叫道：「還有人嗎？」

聲音轉眼被風聲吞沒，沒有人回答他。

必須想辦法把兩張小帆降下來，否則有翻船之虞。他趁一個浪頭湧過以後，縱身撲到船艙裏。船艙內一團漆黑，幾乎伸手不見五指。他摸到了那盞馬燈，擰開燈罩，從身上拿出一只打火機，點燃馬燈。

這只打火機是他從外國帶回來的，不懼水，不像火柴那樣，一泡水就完了。

船艙內頓時一亮，他提著馬燈，剛走兩步，冷不防船身一斜，幸虧他見機得快，用手死死抓住船幫（船身的側面），才不至於摔倒。

他看到艙壁上掛著一把板斧，忙上前抓起，腳下不停，飄忽著衝到後艙，一眼就看見了那兩根帆繩。

一個巨浪打過來，船身又是一斜，馬燈碰到船幫上碎了，火也隨之被澆滅。他乾脆丟掉馬燈，抓住船幫穩住身體，雙腿用力一蹬，身體往前一撲，手起斧落。帆繩被砍斷，船帆「嗖」地掉了下來。

他飛快爬起身，朝第二根帆繩所在之處衝了過去，還未走近前，腳下不知道被什麼東西一絆，差點摔倒。這時，他才察覺到船艙裏積了不少水，水面上飄著一些亂七八糟的東西。差點絆倒他的，是一大堆比拇指還粗的棕繩。

他踉蹌著往前摸索，終於摸到了那根帆繩，一斧頭砍斷。兩張帆布落下來後，感覺船身頓時平穩了不少，但仍左右搖晃不停。

閃電中，他看到船尾的船舵旁坐著一個人，正是那個把舵的漢子，只見那漢子的眼睛緊閉著，雙手死死地抓著船舵。

「你沒事吧？」他大聲問，但是那個漢子並沒有回答。

他丟掉斧頭，吃力地走到那個漢子的面前，又大聲問了一句，見那漢子還是沒有反應。他用手推了一把那漢子的肩膀，見那漢子的身體僵硬，他的手指觸到漢子的鼻子下面，探到漢子早已經沒有了呼吸。

他接著閃電的光線，看到漢子的身上綁著一圈繩子，繩子的另一端綁在船舵旁邊的木柱上。這樣一來，即使風浪再大，帆船搖晃得再厲害，也不會掉到水裏去。

他踉蹌著退回到船艙裏，整艘船就他一個活人了，這風浪也不知道什麼時候能夠平息下來。他模仿著那個漢子的樣子，找了一根繩子，一端綁在腰上，另一端拴在船幫上，然後在水裏摸到一張凳子，靠船幫坐著。雙手緊抓著船幫，不讓自己摔倒。他閉著眼睛，強忍著胃裏的不適，與風浪抗衡著。

也不知道什麼時候，風浪漸漸平息了，船頭上猛地一震，傳來「咚」的一聲，好像有什麼東西掉在船板上。

他睜眼望去，見一道人影站在船頭，忙叫道：「是你嗎？」

「哈哈……」一陣得意的笑聲，除了王凱魂外，還能有誰？

天邊隱隱出現一抹亮光，朦朧的晨曦中，苗君儒見王凱魂的手裏提著一樣東西，仔細一看，竟是那顆他見過的龍頭。此時的龍頭，被王凱魂提在手裏，不住地往下滴著血水。

原來這場不正常的大風大浪，是王凱魂在水裏與那條蛟龍搏鬥，他不但殺了蛟龍，還把龍頭給割下來了。

苗君儒解開身上的繩子，走出船艙，當他看清王凱魂的樣子時，嚇了一大跳。

第五章

水下奇異怪物

巨大漩渦的正中地方，突然騰起一股沖天水柱。
水柱之上，出現了一隻大烏龜，
但這隻烏龜與平常的烏龜不同，
雖然有著一個碩大的龜甲，但是頭部卻與蛟龍一樣，
而且下面長著四支利爪，尾巴拖得很長。
「是鼉龍！」楊不修叫道。
鼉龍與蛟龍不同，雖然在水裏沒有蛟龍靈活，
但有龜甲護身，外力很難傷到牠，
而且牠比蛟龍更加兇猛難纏。

搜神異寶錄

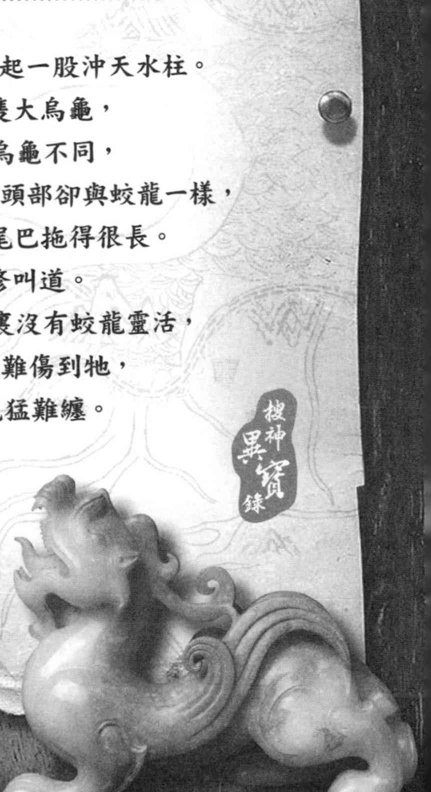

晨曦漸漸明亮起來，江面上不知道什麼時候，起了一層薄霧。王凱魂的身邊籠罩著一層霧氣，乍一看，還以為是站在雲端中的天神。

此時的王凱魂，已經完全不同於苗君儒當初見過的樣子，那襲黑衣之上頂著的，是與他手中完全一樣的一顆龍頭。

如果他穿上古代人的服飾，戴上金冠的話，與傳說中的龍王沒有兩樣。

「經過這一戰，我已經完全變身了，」簸箕一樣的大嘴一張一合，說出的是正常人的聲音：「連我自己都想不到，我會變成這個樣子！」

「你還能夠變回你原來的樣子嗎？」苗君儒問，作為考古人，他實在無法想像這世界上還有多少無法破解的玄妙現象，就如西方傳說中的魔法一樣。

《洛書神篇》中的一些秘方藥物，可以將人變成無所不能的神異動物。

「不知道，」王凱魂說著，向船艙內走去，苗君儒跟在他的後面。進了船艙，王凱魂將手中的龍頭丟在腳邊，只見船艙內的水奇蹟般的不見了。船艙內頓時瀰漫著一股令人噁心的腥臭味，正是那龍頭發出來的。

他彎腰撿起那本《洛書神篇》的副卷，沉聲問道：「你看懂了多少？」

苗君儒搖了搖頭：「裏面的東西太深奧，我一下子沒有辦法看明白！」

「可惜！」王凱魂說了兩個字，將那本小冊子在手中揉碎，揉成一團黃黃的如雞蛋般大小的圓球，他接著說道：「把這個吃掉！」

「為什麼要吃？」苗君儒問。就算看不懂小冊子裏面那些字的意思，也用不著把它吃掉，黃黃的一團紙，吃下去有什麼好處呢？弄不好反而會引起消化不良。

王凱魂將那團紙托在掌心，只見那團紙裏面漸漸透出一線金色的光芒來，那光芒越來越強，越來越刺眼，令人不敢直視。彷彿這不是一團紙，而是一顆霞光萬道的龍珠。

苗君儒瞇著眼睛正要說話，只見王凱魂突然用手掐住他的脖子，使他忍不住把嘴張開。他的手正要出拳反擊，只覺得眼前一晃，一股熱流灌入口中，順著喉嚨流了下去。那隻掐著他的手隨即鬆開。

苗君儒乾咳了幾聲，見王凱魂已經退出了船艙，手上沒有了那團紙。

「感覺怎麼樣？」王凱魂笑道，「小時候，我讀不懂書上那些字的意思，我父親就是這樣逼我把整本書吃下去的。」

苗君儒苦笑道：「把書留著，可以慢慢研究，就像……」

他的話說到一半，就再也說不下去了，只覺得五臟俱焚，肚子裏有一團火在燃燒，一股熱流在體內亂竄，忽上忽下。眼見十個手指尖都變成了紅色，並不斷冒出火焰來。他熱得實在不行了，脫去了上衣，見上身的皮膚也變成了紅色，皮下顯現出許多條形的東西來，彷彿有許多條蚯蚓在蠕動。

王凱魂笑道：「我也正是聽了潘教授的話，把一部分《洛書神篇》給吃了下去，才成功變身，誰都想不到，《洛書神篇》本身就是一味靈藥。這本副卷也同樣含有《洛書神篇》中的藥力，如果你是習武之人，可以幫你增加十倍以上的功力，讓你變成一個武功超群的人。」

苗君儒剛一張口，正要說話，忽然噴出了一團火來，不禁嚇了一跳。他沒有心思聽王凱魂說話，驚恐地看著身上的變化。

「可惜，可惜，這一吐去掉了一半的功力，千萬不要再吐了，也不要慌張，要沉住氣，」王凱魂正色說道：「盤腿而坐，緩緩吸氣平穩吐出，用意念引導你體內的那股熱氣，在體內運行一周，歸於丹田！」

苗君儒只是向一些武術界的前輩，學了幾招防身的招數，對付一兩個人綽綽有餘。對武術的內功心法，他是一竅不通的。幸虧他看過相關的書籍，當下聽王凱魂說了之後，立即盤腿而坐，按王凱魂所說的，結合書籍上的知識，慢慢引導體內的那股熱流。開始的時候，根本無法引導，那股熱流在體內亂走，每經過一道穴位，都會給他帶來針扎一般的痛楚，而且身體脹得很難受，彷彿隨時要爆開。

王凱魂看到苗君儒顯露在臉上的痛楚，忙道：「排除雜念，一心引導那股熱流，不要鬆懈！」

苗君儒閉上眼睛，努力使自己的大腦進入空靈狀態，眼前漸漸浮現出一副遠古的圖畫來，畫中，一個高挽髮髻，穿著麻布衣服的老人，在揮筆書寫著。這時，他彷彿聽到一個來自遙遠天際的蒼老聲音：「性，空，意，滿。經，藏萬千變化；絡，行於周天，以後天補先天。天罡地煞，乾上坤下，天人合一，內聖外王……」

這一段文字他見過的，就在被他吃到肚子裏的《洛書神篇》副卷中；也聽過，就是在恭王府內神貓李在他離開後說的，如果想要理解這些文字的意思，一時半刻還難以領悟。

此時，在那聲音的引導下，他體內的那股熱流逐一流遍了全身的每一個地

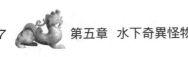

方，最後歸納於臍下三寸之處的丹田。

頓時間，他覺得體內精力充沛，渾身有使不完的力氣。

猛地，他突然醒悟過來，《洛書神篇》在很大程度上，其實是一本至高無上的武功秘笈。古代的人由於受到科技發展的制約，在與大自然的抗爭中，漸漸悟出了一套提高人體潛能的方法。

只要方法正確，再加上輔助的藥物，可以將人體的潛能發揮到極致。只是那些藥物中含有改變人類基因的元素，所以人體會發生很大的變化，甚至變成一個完全不同於人類的動物，就像變身後的王凱魂。

他睜開了眼睛，見王凱魂仍站在艙外，面無表情地望著他。

他起身，剛走了一步，感覺身體輕飄飄的，腳踩在船板上，似乎根本不著力。

「你跳一下看看，」王凱魂說道。

苗君儒試探性的跳了一下，忽地凌空縱起兩米多高，嚇了他一大跳，險些摔了下來，忙縮腹彎腰，才將身體穩住，不至於摔在船板上。

「是不是覺得很意外？」王凱魂說道，「你現在已經是個武林高手了！」

輕輕一跳就有兩米多高，要是全力一跳的話，估計能夠跳到上四五米高。苗君儒望著王凱魂，見對方漸漸恢復了人的模樣，頭上那兩隻角，也越來越小，最後竟消失了。

沒過多久，王凱魂變得與常人沒有兩樣。

苗君儒正要說話，卻聽到遠處傳來一陣鑼鼓聲，放眼望去，見江面上出現一條與這條一模一樣的帆船，正揚帆朝這邊駛來。

王凱魂朝那艘船望了一眼，說道：「我們要換船了！」

轉眼間，那條船已經靠過來了，船上的水手伸出橈鉤，鉤住這條船的船幫，將兩條船緊緊並靠在一起。

那條船頭上有一個穿著西服的中年人，領著十幾個穿著黑衣的漢子，朝這邊躬身行禮，叫道：「恭迎蟄神！」

王凱魂的大手一揮，沉聲道：「免了！」

苗君儒看著那穿西裝的中年人，覺得好像在哪裏見到過，一時間也想不起來。

那十幾個黑衣漢子越船過來，分成兩批人，一批去移船頭上的大缸，另一批去船尾將那些粗棕繩搬了過去。有一些水手在兩船中間的空隙上放上了木板，幫助移動那口大缸。

苗君儒從船艙內提出那顆蛟龍的龍頭，遞給王凱魂，王凱魂並不接，說道：「你是學考古的，這東西對你也許有用！」

如果把這顆龍頭拿到國際考古工作者交流會議上去，確實能夠引起全世界的轟動，可是現在苗君儒沒有辦法帶著。

「要不先讓他們替你留著，等我們拿到定海神針，再回來取！」王凱魂說道。

在苗君儒從船艙內拿出龍頭的時候，除王凱魂外，所有的人都驚呆了，他們在長江上生活這麼久，有的人祖祖輩輩都生活在水上，只聽老人們說過水裏有蛟龍，還沒有見過真正的蛟龍是什麼樣子，今日總算是見到了。

「替我收好！」苗君儒把龍頭交給旁邊的一個黑衣漢子。那漢子「噗通」一聲跪倒，朝苗君儒磕了三個響頭，雙手高抬，恭恭敬敬地接過龍頭。

在眾人驚奇的目光中，那漢子舉著龍頭，越過了船，將龍頭轉交給了那個穿著西裝的中年人。那中年人接過龍頭，再一次朝王凱魂躬身行禮，大聲叫道：

「感謝蟄神恩典！」

王凱魂微微一笑，並不作聲。

那些水手在兩船之間的木板上鋪了一層紅地毯，苗君儒跟著王凱魂，走過了紅地毯，來到那條船上。

那中年人已經命人用木盒裝好龍頭，放入底艙。上前朝王凱魂施禮說道：「恭請蟄神進艙休息！」

苗君儒經過中年人身邊的時候，聽到中年人低聲說道：「您好，苗教授！」

苗君儒問道：「你認得我嗎？」

中年人笑了一下，說道：「一年前，我在北平衡源齋李老闆那裏，見過您一面！」

苗君儒這才想起，一年前北平衡源齋老闆李子衡請他去鑒定一個戰國時代的銘玉杖首，杖首為青玉製作，有灰黑色暈斑，十二面稜柱體，高五點二釐米，寬三點四釐米。中空但未穿頂，用來套在杖上，頂部為圓形平面，一面下部有一孔與內腹相通，稜面經拋光。在十二面中，每面自上而下陰文篆刻三字，有重文符號，共計四十五字，全文為：「行氣，深則蓄，蓄則伸，伸則下，下則定，定則固，固則萌，萌則長，長則退，退則天。天幾舂在上；地幾舂在下。順則生；逆則死。」記述了「行氣」的要領，是有關氣功的最早記錄。他當時覺得上面的銘文有些怪異，還用墨汁拓了下來，帶回學校請潘教授做進一步的研究。

潘教授後來對他說，銘文主要闡述小周天功的作法和行功時的注意事項。玉器本無名稱，武術界人士把它稱做「行氣玉佩銘」，又稱玉銘和行氣銘。它的主要內容就是深呼吸，這也是氣功的關鍵，主要方法就是腹式呼吸法。同時它也閃爍著中國傳統哲學的光芒——持之以恆的練習下去，達到天人合一的最高境界。

古代的中國人，就非常注重內功和武術的雙修煉。

據李子衡介紹，那塊銘玉杖首就是這個叫楊不修的中年人拿來賣的。（有關李子衡的故事，請見後續出版的《稀世奇珍》、《黃金玉棺》）

鑒定完銘玉杖首的真偽，苗君儒就離開了，前後待了不到二十分鐘，這期間，他並沒有跟這個叫楊不修的中年人說一句話。當然，他也無法得知這個人的底細，更不知那塊銘玉杖首的來歷。

苗君儒還記起來，他和楊不修除了在李子衡家中見過一面外，還在西山碧雲寺中為孫中山舉行的祭靈盛典上，見過一面。當時祭靈盛典剛剛開始，楊不修與一個侍從官站在一起，看上去，兩人的關係還挺密切的。也許那時，楊不修並沒有注意到人群中的苗君儒。

雖然確定楊不修是水神幫的人，但是能夠進入祭典現場的，也絕非泛泛之輩。想到這裏，苗君儒已經想好了對策。

「你是說北平衡源齋李老闆那裏？我怎麼沒有印象呢？」苗君儒裝出一副絲毫沒有印象的樣子，有時候裝糊塗也是一種對付別人的手段，只要自己心裏有數就行了。

「也許苗教授貴人多忘事，」楊不修笑了一下，似乎並不介意苗君儒不記得他。

「明天正午之前可以到達嗎？」王凱魂站在船艙邊問。

「稟蟄神，若照這樣的速度，明天上午就可以到達那地方了，我已命奉節的兄弟做好了準備！」楊不修躬身說道。

王凱魂「唔」了一聲，說道：「我要休息一下，六個時辰內不要打擾我！」說完，他走進艙去了。

苗君儒也要跟進去，不料被一名壯漢伸手攔住。

楊不修解釋道：「苗教授，蟄神休息期間，不容旁人打擾！」

才剛剛加入水神幫，轉眼就成外人了，或許楊不修並不知道苗君儒加入水神幫的事情。他正要說話，卻見已經走進船艙的王凱魂返身回來，說道：「你們兩個人應該好好談一談！」

王凱魂說完這句話的時候，臉上閃現一抹意味深長的微笑，但是那眼神卻冷得像冰，直透到人的心裏，似乎完全把別人心裏的心思看穿。

「我和他沒有什麼好談的，」苗君儒說道。

「他十幾年前加入本幫的時候，是南方軍隊中的排長，很有政治背景的……」王凱魂的話還沒有說完，楊不修的臉色就已經變了。

楊不修驚道：「你還知道多少？」

王凱魂微笑道：「你太小瞧水神幫，你做過的那些事情，別以為我不知道，西山碧雲寺中為孫先生舉行祭典的那天，發生了什麼事，我想你比我還清楚！」

這兩下大起大落，苗君儒都有些糊塗了，楊不修到底在碧雲寺中做了什麼？這一切和黃森勃交給他的寶玉兮盒有什麼聯繫？

劉白能夠成功拿到金剛舍利子，難道也是得到了楊不修的暗助？這麼說的話，楊不修應該是有功勞的，為什麼王凱魂的話裏話外，含有另外一層意思呢？

王凱魂只蝸居在那間小屋裏，他又是如何知道哪裏的事呢？

楊不修冷笑道：「不虧是螯神，躲在那種地方，居然什麼事都瞞不了你！」

「要想人不知，除非己莫為，」王凱魂說道，「我從來都沒有低估身邊的每一個人，水神幫雖然四分五裂，但是我絕對不會讓這樣的局面維持下去，因為我是螯神！」

說最後一句話的時候，王凱魂眼中的寒光令人恐懼。

望著王凱魂走進船艙的背影，苗君儒扭頭的時候，看到楊不修的臉色慘白，籠罩著一層煞氣。

水神幫沒有幫主的事情，苗君儒已經知道，想不到還四分五裂，那麼幫內到底哪幾個人各自為政？

其實只要王凱魂出手，楊不修必死無疑，可是他為什麼不出手呢？

看楊不修的那樣子，似乎有恃無恐，那他扮演的究竟是個什麼角色？

苗君儒想著這兩個人剛才說過的話，看來用不了多久，水神幫內會有一場浩劫。

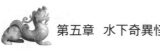

楊不修望著苗君儒，低聲說道：「你是不是覺得很奇怪？」

「我真的想和你聊一下！」苗君儒說道：「我在西山碧雲寺中見過你！」

兩人走到船頭，苗君儒走在後面，他從後面望著楊不修，見江風吹拂著楊不修的頭髮，整個人看上去顯得很飄逸。

「你想知道什麼？」楊不修頭都未回地問。

「你是不是幫助劉白，盜走了石塔中的金剛舍利子？」苗君儒說道：「他就是再厲害，但在那樣的場合下，若沒有別人幫助，是絕對不可能成功拿走的！」

楊不修聽後大驚，「你說什麼，是劉白盜走了金剛舍利子？」

苗君儒愣了一下，說道：「難道你不知道嗎？」

楊不修瞬間恢復了鎮定，說道：「我只知道金剛舍利子被偷，卻不知道是什麼人偷走的！」

苗君儒想到了那些追殺黃森勃的人，也許在劉白盜取金剛舍利子的時候，楊不修正率人奪取寶玉兮盒。這樣一來，新的疑問就產生了，誰在幫劉白？

他問道：「你在那裏做過什麼事？」

楊不修的目光望著江面上來往的船隻，說道：「你真的想知道？」

「是的！」苗君儒說道。他看到沿岸的江邊，幾隻小漁船正在起網，他彷彿看到漁網中那些掙扎的魚。他覺得自己似乎就是那網中的魚，無論他怎麼掙扎，都無法擺脫被捉上岸的厄運。要想擺脫水神幫這張網，談何容易？除非網中有漏洞，可以讓他成功逃脫。

「知道的事情太多，對你沒有好處！」楊不修說道。

「我知道，」苗君儒說道：「可是對於我這個快要死的人，知道的事情再多，對你也沒有壞處！」

「你快要死？」楊不修扭頭望了苗君儒一眼，似乎不相信。

苗君儒說道：「明天我會和他一起下去，他是蟄神，也許沒有事，你認為我這樣的一個平常人，還有命上來嗎？我只不過想知道一些事情的真相而已。」

「對這件事，你知道多少呢？」楊不修問。

「一點皮毛而已，」苗君儒說道：「湊齊三件寶物，進入幽冥通道，拿出那塊黃帝玉璧！」

「看來你已經知道得不少了！」楊不修說道：「其實那天我在碧雲寺中，是找人！」

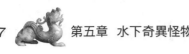

「找人？找誰？」苗君儒問。

「找我的一個老朋友，」楊不修說道：「他叫蕭剛，是個很神秘的人物，我只知道他原來的公開身分，是個生意人！」

又冒出一個人來了，苗君儒問：「你找他做什麼？」

「因為他也在找黃帝玉璧，」楊不修說道：「溥儀退位後，很多人都在找那塊玉璧！」

楊不修加入水神幫的原因，恐怕沒有那麼簡單，每個人都有每個人的秘密，有些秘密是別人根本無法知曉的。苗君儒想到這裏，便不再說話，只望著遠處江邊的漁船。

「你還想知道什麼？」楊不修問。

苗君儒搖了搖頭，他已經不想再問了，就算他問，楊不修也不會把真相告訴他的，他緩緩說道：「西遊記中孫猴子從龍宮取出定海神針，我可沒有孫猴子那種本事，千百年來，進到那下面的人，沒有人能夠回來的，也許我也不例外。」

說這話的時候，他的心情低落到了極點，被人逼著去做一件不願意做的事情，是非常痛苦的，他可不像楊不修那樣有背景，王凱魂對其無可奈何。

莫非楊不修沒有喝過王凱魂調製的藥，王凱魂才沒有辦法控制他？

苗君儒不想知道答案。

他們就這樣站在船沿，像個木頭人，誰也沒有說話。

船下行得很快，只覺得江邊青色的山巒連綿起伏，向後移去。

船到奉節的時候，是第二天早上。

苗君儒從睡覺的地方起身，來到船沿。他昨天晚上就被安排在桅杆下面的地方，用一條薄毯裹著抵禦夜晚江面上的寒氣。

晨曦中，有三條船迎了上來，那三條船的式樣和這條都是同樣的，只是船身要小一些。

船頭上仍有敲鑼打鼓的人，一個為首的老頭站在船頭上大聲叫道：「金堂堂主魯明磊率屬下恭迎蟄神！」

兩船相距有好幾十米，江面上起了風，由江的上游吹來，苗君儒他們的船處於上風頭。那鑼鼓的聲音還聽得不是很清楚，但那老頭的話卻字字入耳。

他暗驚道：好深厚的功力！

楊不修不知道從什麼地方鑽出來，陪著剛從船艙中出來的王凱魂。

那三條船靠近了，苗君儒看清那老頭竟是一個道士，穿著道袍，高挽髮髻，顯得有幾分仙風道骨。

王凱魂哈哈笑道：「老傢伙，十幾年沒見，你還是老樣子；我們都是同輩人，這禮節就免了，該準備的東西，準備好了沒有？」

「稟蟄神，已經安排妥當！」那老道士躬身說道，他並沒有因為王凱魂的話而托大，在禮數上仍很周到。

兩船靠攏後，從那邊送過來一些用來祭祀的三牲禮品，另外還有一隻黑山羊和一條黑狗。

苗君儒看著兩邊的人在忙碌，最後送過船來的，是兩個七八歲大的童男童女，這對童男童女穿著古代的服飾，男童長得虎頭虎腦的，頭上剔了童子頭，女童長得很清秀，頭上梳了兩個丫頭髻。這是一對很得人疼愛的孩子，他們被人抱過船來的時候，手裏還拿著糖果，臉上帶著童稚的微笑。

苗君儒一驚，這對童男童女肯定是用來祭祀的，現在都什麼時代了，還用這種殘忍的方式？他走到王凱魂的面前，說道：「放過這兩個孩子吧！」

「為什麼？」王凱魂的眼中射出寒光。

「你不覺得我們這麼做，太過於殘忍了嗎？他們可是孩子呀！」苗君儒說道：「非要用他們兩個人來祭祀嗎？」

「用童男童女之血，混合黑山羊與黑狗之血灑入江中，可降低那兩條蛟龍的法力，助我取勝，」王凱魂說道。

「你不是已經殺死過一條了嗎？」苗君儒說道：「你可以再用呼龍術將那兩條蛟龍呼出來，在水面上決鬥，佛曰救人一命，勝造七級浮屠，他們雖然是孩子，可也是兩條人命呀！我們之所以要拿定海神針，不就是為了天下的黎民百姓嗎？如果為了達到目的卻要無辜的人送命，還不如不拿出來！」

「不虧是教授，言辭鑿鑿有理，」王凱魂說道：「我只是用他們兩個人的命來拯救黎民百姓，有何不可？再說我一對一鬥一條蛟龍，有勝算的把握，可是要同時對付兩條，就很難取勝！」

「你們可以多找一些人來，每人取一點，不也一樣嗎？」苗君儒說道：「如果真的要這兩個孩子的性命，我寧死不下去！」

王凱魂沉默了一下，說道：「這倒是個方法，可是一時間去哪裏找那麼多人呢？」

他抬頭看了看天色，對那老道士說道：「魯明磊，你火速上岸找十個童男童女，務必在巳時之前到達那裏！」

「謹遵神旨！」被稱作魯明磊的老道士躬身說道，朝手下的人一揮手，那三條船快速離開，朝岸邊駛去。

船飛速順流而下，很快進入三峽。除了他們的船外，看不到一條別的船隻，長江上的船民之間，流傳著一句話：三峽九轉十八灘，灘灘都是閻王關，閻王小鬼猶自可，最怕龍年六月一，神女峰下見惡龍。

意思是經過三峽，再難過的激流險灘，都比不上龍年六月初一在神女峰下見惡龍那麼可怕。沒有特殊的情況，龍年的六月初一這天，是沒有船經過神女峰下的。

那些黑衣男子已經在船頭上擺好了三牲祭品，並把那個大缸倒過來，缸口朝下，用繩子上下左右纏了幾十道，在缸口的下方吊上一袋大石頭，那樣的話，一旦大缸下到水裏，就可以確保缸口朝下，缸內保持有充足的空氣。十幾道麻繩在缸口和缸底部各打一個結，一條兒臂粗細的麻繩緊緊拴住缸底部打結的地方，這條麻繩在船上堆成一大堆，有好幾千米，另一端擱在船頭。

漸漸地，已經看到雲霧繚繞的神女峰了。只見一根巨石突兀於青峰雲霞之中，宛若一個亭亭玉立、美麗動人的少女。古人有「峰巒上主雲霄，山腳直插江中，議者謂泰、華、衡、廬皆無此奇」之說。每當雲煙繚繞峰頂，那人形石柱，像披上薄紗似的，更顯脈脈含情，嫵媚動人。

傳說在夏禹治水的年代，瑤池宮裏住著西王母的第二十三個女兒，名叫瑤姬。她聰慧美麗，心地善良，活潑開朗，耐不住宮中的寂寞生活。八月十五這一天，她邀了她身邊的十一姐妹，騰雲駕霧，遨遊四方。

當她們來到巫山時，只見十二條惡龍興風作浪，正在治水的大禹也被洪水圍困其間。瑤姬敬佩大禹三過家門而不入的治水精神，決定助他治水，便送給大禹一本《上清寶經》的治水天書。

但瑤姬還沒有來得及告訴大禹如何破譯這部天書，就被西王母派來的天兵捉拿回宮。十二仙女早就厭倦仙宮生活，她們掙脫神鏈，重返人間，幫助大禹疏通了峽道，解除了水患。從此，瑤姬愛上了三峽，成天奔波在巫山群峰之間，為船民除水妖，為樵夫驅虎豹，為農夫布雲雨……姐妹十二個忘記了回宮的事，久而久之，她們便化成十二座奇秀絕美的峰巒聳立在巫峽兩岸。瑤姬是十二仙女的傑出代表，所立山峰位置最高，每天第一個迎來朝霞，便贏得了「望霞峰」的美名。

神女峰的傳說，在三峽地區流傳甚廣，其說不一。但是有一點相同的，就是神女峰下鎮著兩條兇惡的蛟龍，據說當年神女與這兩條蛟龍有一個約定，允許龍年的六月初一出來透一透氣。

苗君儒站在船舷邊，看著岸上的景色，王凱魂走了過來，從脖子上取下一串項鍊遞過來，說道：「把這串項鍊戴在脖子上，到了水下，能保你平安！」

「這是什麼？」苗君儒接過項鍊，覺得這串項鍊很古怪，絕非常物。

「是我們幫裏另一件至寶——禦龍珠，我兒子小時候戴過，想不到現在又回到我的手裏了！」王凱魂說完後，走到一邊去了。

苗君儒把這串禦龍珠戴在脖子上，望著王凱魂的背影，目光變得迷離起來，到現在為止，他還沒有摸清王凱魂的性格，只覺得這老傢伙深不可測。

水勢突然變得湍急，船在水中幾乎失去控制。好在船上的水手一個個經驗老道，而且早就有了準備，一見情況不妙，立即將船往右邊靠。在右邊的岸上站著不少人，這邊船上的人把繩索遠遠地拋過去，岸上的人立即抓住，並死命將船往岸邊拖。

船沿岸往前駛了一會兒，苗君儒仰頭朝神女峰望去，只見山峰兀立，層巒疊嶂，已經看不到神女的神韻了，除了滿目的翠綠外，就只剩下山水相互輝映的自然景觀了。

王凱魂可不像苗君儒那樣，還有心情欣賞岸上的風光，他的眼睛盯著遠處的水面，雖然距離相隔還很遠，但他已經看到了那個寬度達上百丈的巨大漩渦，漩渦是向左旋的，按《洛書神篇》副卷中所說的，就是可以下去。

船在岸上那些人的努力牽扯下，才沒有隨水流向漩渦中衝去。岸上那幾十個人一邊賣力地扯著，一邊喊起了號子，顯得很吃力。

時間已經快到午時了，王凱魂朝岸上看了一眼，並沒有見到魯明磊的影子，要想這麼短時間內找來十幾個童男童女，是很困難的。有些人雖然窮，但卻不願意把兒女賣掉，依魯明磊的為人行事，是不會強行去偷搶的。他瞟了一眼那一對童男童女，再過半個時辰魯明磊還不送人來的話，他只有殺掉這兩個孩子。

苗君儒並沒有注意到王凱魂的眼神，他已經看到了那個大漩渦，聽到了漩渦中發出的巨大水流聲。這麼大的漩渦，實在出乎人的意料之外，彷彿整條長江的水都灌進去了。

岸上的人開始一點點的放開繩索了，隨著船隻離那漩渦越來越近，水流聲漸漸變得震耳欲聾，聲勢駭人至極，除王凱魂外，船上所有的人都變了臉色。

王凱魂命人點起了香燭，擺好三牲祭品。有兩個漢子已經持刀把黑狗和黑山羊殺了，用一個大罐子將血盛了，擺在祭品的旁邊。

苗君儒見狀，忙上前把那一對小孩護在身後。

一個漢子上前，要去拖那個男童，不料被苗君儒一掌打倒在船板上，手中的刀子也被奪了去。

「你為什麼不講信用？」苗君儒持刀叫道。

「我並沒有答應你不殺他們，」王凱魂說道：「現在魯明磊並沒有送人來，時間不等我們，如果錯過了就要再等上十二年！」

「也許魯明磊已經帶人在路上了，」苗君儒大聲道：「如果想殺掉他們的話，先殺掉我！」

「迂腐！」王凱魂低聲罵了一句，看著苗君儒手中的刀，卻又無可奈何，如果苗君儒一死，整個計畫都泡湯，就算他打贏那兩條蛟龍，也無法取到定海神針。

船隻被巨大的水流推動著，一點點地向大漩渦中移去。

王凱魂轉過身，接過三支點燃的香，朝天拜了幾拜，把香插到香爐裏，高聲吟唱起來，那聲音抑揚頓挫，忽高忽低，誰也聽不清他唱的是什麼。

但是奇蹟卻在眾人的眼前發生了，巨大漩渦的正中地方，突然騰起一股沖天水柱。水柱之上，出現了一隻大烏龜，但這隻烏龜與平常的烏龜不同，雖然有著一個碩大的龜甲，但是頭部卻與蛟龍一樣，而且下面長著四支利爪，尾巴拖得很長。

「是鼉龍！」楊不修叫道。

鼉龍與蛟龍不同，雖然在水裏沒有蛟龍靈活，但有龜甲護身，外力很難傷到牠，而且牠比蛟龍更加兇猛難纏。

現代科學對鼉龍的解釋是，又名中華鼉、土龍、豬婆龍。成體全長可達二米左右，尾長與身長相近。頭扁，吻長，外鼻孔位於吻端，具活瓣。身體外被革質甲片，腹甲較軟；甲片近長方形，排列整齊；有兩列甲片突起形成兩條脊縱貫全身。四肢短粗，趾間具蹼，趾端有爪。身體背面為灰褐色，腹部前面為灰色，自肛門向後灰黃相間。尾側扁。初生時為黑色，帶黃色橫紋。在江湖和水塘邊掘穴而棲，性情兇猛，以各種獸類、鳥類、爬行類、兩棲類和甲殼類為食。

但是這些解釋，與他們目前見到的這隻鼉龍相差太遠，而與神話傳說中的鼉龍完全相同，那就是：龍首，龜身，蛇尾，虎爪。

鼉龍瞪著一雙銅鈴大小的眼睛，朝船隻上的人看了一眼，發出一聲怪叫，離開了水柱，往這邊凌空撲過來。

王凱魂舉起船上的供桌，向鼉龍拋了過去，接著提過那個裝滿黑狗黑山羊血的罐子。大吼一聲，身體騰空，向那隻鼉龍撲了過去。

「快，苗教授，您快鑽到大缸裏面去！」楊不修已經命人將大缸抬起來了。苗君儒擔心他進入大缸裏後，那些人趁機殺了這一對童男童女，索性將這兩個孩子帶了，一同鑽進大缸中。

他們一進大缸，大缸立即被丟入水中，急速向水底沉去。

水面上，王凱魂已經和那隻鼉龍展開了一場大戰。鼉龍一扭身體，避過供桌，尾巴一掃，將供桌掃落水下，挾勢向王凱魂攔腰掃到。

王凱魂早有防備，在空中停住身體，往後一翻，避過鼉龍尾巴的橫掃，將一罐子的血向鼉龍潑了過去。

漫天飛起一團血霧，在陽光下顯得分外駭人。

鼉龍似乎害怕那血，見事不妙，身體如一個圓球一般，滴溜溜的落入水中。

王凱魂的身體在空中翻了幾個倒轉，頭朝下如利劍一般撲入水裏，瞬間不見了。

在岸上，魯明磊騎馬飛馳了過來，在他的身後跟著十幾騎，每個人的背上，都背著一個小孩。他在一處懸崖邊勒住轠繩，望著那巨大的漩渦，痛苦地喊道：「我來晚了！」

他剛才衝過來的時候，剛好看到王凱魂由空中撲入水裏。

王凱魂撲入水中後，頓時感覺一股無比強大的力量拖著他向下面沉去，恍惚間，看到前面有兩個黑乎乎的東西，其中一個就是那條鼉龍，另一個是那口大缸，大缸的底部扯著一根粗大的繩子，在水流的作用下，那口大缸已經傾瀉，缸口不斷冒出氣泡，再這麼下去的話，用不了多久，缸裏的空氣就所剩無幾，缸裏的人會缺氧而死。

那條鼉龍已經盯上了那口大缸，正追上去，想用尾巴將大缸擊碎，連連擊了好幾次，只見那缸在水中晃來晃去，連水流都被晃動了。

再這麼下去的話，那個缸遲早會被打碎。

王凱魂已經變身，像箭一樣衝過去，右手一把抓住鼉龍的尾巴，想把尾巴拉開，哪知卻被尾巴的力道帶著，撞在缸上。

想不到這條鼉龍的力道這麼大，王凱魂被撞得頭腦發昏，他並不知道，缸內的三個人已經暈了過去。

當大缸隨著水流向下沉去的時候，船上的人用力扯著麻繩，使大缸一斜，裏面的空氣跑出了一大半，苗君儒大驚，忙用腳勾緊缸口的繩子，雙手把那一對孩子抱在懷裏，靠著缸壁，大口大口地喘息著。

大缸在水中晃動的時候，缸內的三個人也在做著性命的拚搏。隨著大缸在水中越來越深，缸內的氣壓越來越高，三個人漸漸呼吸困難起來，最後竟迷糊了過去。

王凱魂他們以為利用大缸的空氣，可保人在水中無事，殊不知下到一定的深度後，水壓迫使缸內的氣壓加大，人在裏面根本不能正常呼吸。

王凱魂左手化刀，水中閃過一道刺目的亮光，鼉龍的半截尾巴連著那條麻繩一同被砍斷。大缸失去麻繩的控制，被水流卷著，瞬間不見了蹤影。

鼉龍負痛，在水中翻滾著，張開獠牙利齒，向王凱魂瘋狂地撲來。

王凱魂所化的蟄龍與鼉龍在水下拚鬥，水面上已經翻起了軒然大波，只見那漩渦中的水勢更加巨大，不時有水柱沖天而起，轟隆隆的水聲在峽谷間迴響，震得人兩耳發痛。

楊不修見十幾個大漢拚力扯著的麻繩突然斷掉，心知不妙，忙朝岸上打手勢，要人將船扯回岸邊。

在岸上，魯明磊已經命人將那些童男童女的手臂割開一道口子，待流出半碗血後，立馬把傷口包紮好。十幾個童男童女，合起來的血有滿滿一罐。

楊不修站在船頭，接過那一罐血，慢慢傾倒在水裏，只見那血一入水，立刻成一條直線，朝漩渦中而去。

也不知道什麼原因，江水驀地變得通紅，漸漸地，連天空都似乎變成了紅色。從山間飄過一團烏雲，迅速籠罩了整個峽谷。

「龍王發怒了！」不知道誰說了一聲。

岸上和船上人紛紛倒頭下跪，不斷朝天空和水裏磕著頭。

在王凱魂與鼉龍搏鬥的時候，那只大缸已經順著水流捲入了水底，在左旋水力的作用下，大缸突然被甩出水流，落入一個黑暗的空間，撞在石壁上，碎成幾片。

苗君儒和那一對孩子從缸內滾了出來，掉在地上。

也不知什麼時候，他醒了過來，見身處在沒有水的空間裏，他咬了一下舌頭，發覺很痛，才知這不是做夢。

他的衣內透出一抹光線來，用手往內一掏，拿出了那串禦龍珠，光線頓時大盛，可以看清十步以內的地方。

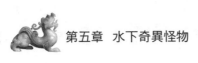

那對孩子就落在離他不遠的地方，他走過去，抱起他們，在鼻子下一探，還有呼吸，只是暈了過去，用不了多久就會醒來。身上有些擦傷，但是不礙事。

他朝四周望了一下，見四周都黑乎乎的，也不知道這個空間有多大，估計是一個地下溶洞。

回想起在缸內的情景，實在令他心驚。在那麼深的水下，居然還有這樣的一處無水的空間，真是奇蹟。

他想起那本《洛書神篇》副卷中的話：左旋順天，生；右旋逆天，入魔道。看來寫這段話的人，已經算出漩渦左旋的時候，下沉到一定的深度，水流左旋的力量會將水裏的人甩入這個空間。而右旋的話，則將人帶到另一處永不超生的地方了。

寫那段話的人又是怎麼知道水底下有這個空間的呢？難道之前就有人到過這裏面？

這個問題恐怕很難找到答案了。

一陣沉重的腳步聲從苗君儒的身後傳來，他扭頭一看，大吃一驚。

第六章

水底龍宮

站在苗君儒面前的這隻怪獸，
與傳說中的龍生九子都不相同，
而與白堊紀中的食肉猛獸——暴龍，極為相似，
但是體形卻比暴龍小得多，和一頭牛相差不了多少。
頭部雖然很龐大，可是頸部長著獅子一樣的長毛，
身子與鱷魚完全相同。
空中飛過張開寬大羽翼的大鳥，那都是遠古的恐龍物種。
科學家們早已經認定恐龍在地球上消失了幾千萬年，
但這一古老的物種卻在這裏奇蹟般的延續生存著。

《洛書神篇》副卷最後的那兩段話中，還有一句是：首重，二龍護門，逢龍，需蟄龍助，選猴年龍時陽剛之人入。

此時離苗君儒幾步遠的地方，站著一隻怪獸。怪獸發出沉重的喘息聲，呼出的腥臭味幾乎要將人熏暈。

古語言：龍生九子不成龍，各有所好。一曰贔屭，形似龜，好負重，今石碑下龜趺是也；二曰螭吻，形似曾，性好望，今屋上獸頭是也；三曰蒲牢，形似龍而小，性好叫吼，今鐘上紐星也；四曰狴犴，似虎有威力，故立於獄門；五曰饕餮好飲食，故立於鼎蓋；六曰蚣蝮，性好水，故立於橋柱；七曰睚眥，性好殺，故立於刀環；八曰金猊，形似獅，似好煙火，故立於香爐；九曰椒圖，形似螺蚌，性好閉，故立於門鋪。

站在苗君儒面前的這隻怪獸，與傳說中的龍生九子都不相同，而與白堊紀中的食肉猛獸暴龍極為相似，但是體形卻比暴龍小得多，和一頭牛相差不了多少。頭部雖然很龐大，可是頸部長著和獅子一樣的長毛，身子與鱷魚完全相同。

這不知道是一條什麼怪物，在苗君儒看過的所有書籍中，並沒有這種動物的描述，就是目前世界上發現的史前動物的化石中，也沒有類似體形的。

生活在黑暗中的動物，往往非常懼光，這隻怪獸圍著苗君儒轉來轉去，並沒有發動攻擊的意思，顯然是害怕禦龍珠發出的光芒。

《洛書神篇》副卷中說遇到龍之後，需要蟄龍相助，可是現在王凱魂到哪裏去了呢？

吃了《洛書神篇》副卷後，苗君儒已經具備有相當的功力，要想對付面前這隻怪獸，應該不難，可是他的身後，還有那一對孩子。

「叔叔！」那個男童醒了過來，揉著眼睛叫道：「這是在哪裏？」

「噓！不要說話，」苗君儒退回那個男童身邊，輕聲說道，同時將那個女童抱在懷裏。黑暗中的動物，很多都具備循聲攻擊的能力，牠們的聽覺比視覺要靈敏得多。

那個男童用手抹了一下身上有點痛的地方，見手上有些血，便說道：「叔叔，我流血了！」

「沒事的，是擦傷！」苗君儒低聲說道。

那隻怪獸往前逼了幾步，離苗君儒他們不過三四米的距離，如果這個時候怪獸發起攻擊的話，苗君儒很難躲得過。

他把禦龍珠高高舉起，光線似乎更盛了些，那隻怪獸往後退了幾步。

三人一獸就這麼僵持著，在這樣的地方僵持著不是辦法。既來之則安之，在沒有找到龍宮之前，得想辦法對付這隻怪獸才行。

可是眼下兩手空空，怎麼才能對付這隻怪獸呢？而且這隻怪獸也不是那麼好對付的。

「叔叔，那是什麼？」男童看到了那隻怪獸，低聲問。

「我也不知道是什麼，反正是很可怕的東西，」苗君儒說道：「你保護好這個小妹妹，叔叔來對付牠！」

苗君儒把禦龍珠掛在男童的脖子上，要男童照顧還沒醒過來的女童，起身向那怪獸走過去。

如果對方是個人，他倒是不懼，可是對方是一隻不知底細的怪獸，也不知道有多厲害。他想了一下，大叫一聲，縱身而起，揮拳向怪獸當頭擊去。

那怪獸低吼一聲，又往後退了幾步，將頭一擺，避過了苗君儒的當頭一擊。

苗君儒的手下不停，接連撲上，怪獸也不甘示弱，張開血盆大口，朝苗君儒一口咬到。

苗君儒的身體一扭，堪堪躲過怪獸的攻擊，他還沒有喘過氣來，怪獸的尾巴已經攔腰掃到，他一掌打在那尾巴上，借反彈力退了回來。

一人一獸打了一個照面，已經彼此看出了對方的斤兩，誰都沒有占到便宜。怪獸被他擊退了幾步，他的大腿被怪獸的尾巴尖刺掃了一下，褲子被劃開，感覺火辣辣的疼。

他用手摸了一下大腿，還好沒有傷及皮肉。

那個女童醒了過來，看見這樣的情景，嚇得哇哇大哭起來。男童一個勁的叫女童不要哭，但是沒有用。

女童的哭聲在這空間迴盪著，隱隱還夾雜著轟隆隆的雷聲，那怪獸似乎嚇住了，迅速向後面退去，逃入黑暗中，瞬間不見了。

苗君儒的一番拚鬥，都無法把怪獸趕跑，想不到那女童的哭聲有如此大的威力。

他回到那對孩子身邊，女童漸漸停止了哭泣，他一手拉著一個孩子，看了看四周，也不知道往哪個方向走，思索了一下，決定朝那怪獸退去的方向走。

那怪獸，也許就是守護龍宮之門的「龍」。

他們腳踩著的地是乾硬泥土地，循著地上那怪獸留下的痕跡，倒也不會迷路。往前走了一會兒，隱約看到黑暗中有一個高大的城牆狀的建築物。

走近了些，看清果真是一古代的城門，只是這城門並不高，上下也就是三四米的樣子，但是那黑色的城牆卻不知道有多高，似乎與頂上的岩石連在了一起。

城門的上方有幾個象形文字，翻譯過來的意思是：盤魚女神的龍宮。

古代的人確實充滿著無法想像的智慧，居然能夠在這麼深的水下建成這樣的東西。

城門緊閉著，一左一右立著兩隻石頭雕刻成的古代靈獸，看那模樣，與獅子有幾分相似，是龍生九子中的金猊。

在城門的左邊，慢慢走來兩隻怪獸，其中一隻的體形要大一些。

莫非是一公一母，和苗君儒交鋒過的那隻，是母的。母的退去之後，把公的引來了。

對付那隻母的，苗君儒並沒有勝算的把握，現在加上一隻公的，若是兩隻怪獸同時進攻的話，他們很難逃脫。

「你快哭，快哭呀！」男童對女童叫道。

女童張口哇哇地哭了兩聲，可她這哭並非剛才的真哭，沒有半點震撼力。

那隻公的怪獸瞪著一雙血紅的眼睛，望著他們三個人，忽然發出一聲巨吼，騰空朝他們撲了過來。

苗君儒大驚，為了這兩個孩子，他也要和這個公怪獸奮力一搏。他的身體已經飛起，當頭向大怪獸撲了過去，在他的身下，那隻母怪獸張開巨口，朝那兩個孩子撲去。

這兩隻怪獸一上一下聯合出擊，配合得天衣無縫。苗君儒暗叫不好，想要沉身下去救那兩個孩子，就在他分心之際，公怪獸的爪子已經抓向了他的胸口。

如果他的胸口中爪，肯定會被抓個血肉模糊，情急之下，他揚起右拳，迎向那隻爪子，同時左拳擊向對方的眼睛。

無論多兇猛的動物，眼睛部位都是要害。

右拳與那隻爪子相撞，他頓時覺得一股巨大的力量將自己撞飛，扭頭一看，那隻母怪獸離那兩個孩子的距離，已經不足一米。

他暗暗叫苦，這個時候，他就是有那個本事飛身過去救，也來不及了。

眼看那兩個孩子將慘遭怪獸的吞噬，他不忍心再看，痛苦地閉上眼睛。

「碰」的一聲，他撞到了城牆上，頓時感到胸中一陣血氣翻湧。

他顧不了那麼多，雙腳在城牆上一踢，借反彈之力向那隻母怪獸衝去，同時發出一聲大叫，想將母怪獸的注意力吸引過來。

傳來一聲龍吟，平地卷起一陣風，恍惚間，只見一條龍從黑暗中衝了出來。是王凱魂來了，連同王凱魂一同來的，還有那條鼉龍。他們在水中拚鬥了一場，兩個都受傷不輕，王凱魂本來鬥不過那條鼉龍，突然水中飄來一道血箭，射在鼉龍的龜甲上，鼉龍負痛之後，動作慢了許多。他心知是上面的人倒下了童男童女的血，破了鼉龍的法力。他又鬥了一場，最後都沒有了什麼力氣，被水流卷著甩到這裏來了。進來之後，王凱魂就看到那樣的情景，不顧一切地上前，一口咬住母怪獸的尾巴。

那條鼉龍尾隨其後，動作有些僵硬，顯是受了傷。

鼉龍在水中還可以靈活地游動，但落到地上後，就如同一隻大烏龜，只有爬的份了。

母怪獸見尾巴被咬，頓感劇痛，忙捨棄那兩個孩子，扭過頭去，咬住王凱魂的脖子。一龍一獸滾作一團。

那隻公怪獸剛才也被苗君儒右拳的力量擊飛，在地上翻了幾滾後，又趁空撲了過來。另一邊，那隻爬過來的鼉龍已經離他們不遠。

王凱魂早已經看出情勢緊急，鬆開嘴，忍住劇痛大聲叫道：「快用禦龍珠！」

禦龍珠在男童的脖子上，苗君儒也不知道怎麼用，他將禦龍珠從男童的身上取下，拿在手裏晃來晃去。

「你吃了《洛書神篇》副卷，一定知道怎麼用的，」王凱魂叫道：「閉目收心，默念書中的文字，天神自然會助你的。」

苗君儒忙學著僧人的樣子，盤腿坐下，雙手合什。也不顧那隻撲上前來的公怪獸，閉目收心，幸虧他的記性還不錯，記得一些看過的東西，開始默念起來。

「天地人，三元合一，不可分。天，龍星，側，潛，九四，剛柔相濟，不可用……」

他的大腦已經進入空靈狀態，好像有一個蒼老的聲音在他的耳邊輕聲教導著：「……神，靈之物，扶搖萬里，胸攬蒼夷；心，開之門，唯聖至尊……」

他微微睜開眼，見手上的禦龍珠漸漸放射出萬道金光，金光中，出現一個穿著古代服飾的美女，那美女微笑著，朝那兩隻怪獸伸出手去。只見那美女的掌心出現一隻與那兩隻怪獸一樣的小獸，那小怪獸發出嗷嗷的聲音，像嬰兒在呼喚父母。

母怪獸放開了王凱魂，向前爬了過來，但畏懼那金光，不敢太向前，趴在地上低鳴著。公怪獸早已經被金光逼退了出去，在不遠處兜著圈子，走來走去，不時發出一兩聲低嚎，看樣子好像還不服氣。

小獸從美女的掌心落到地上，變大了一些，向母怪獸爬了過去。母怪獸伸出爪子，將小獸攏在懷中，發出幾聲興奮的低吼。

美女的食指指尖射出一道金光，擊在公怪獸的身上，公怪獸如同觸電一般，在地上滾了幾滾，發出慘號，再望著美女的時候，眼中已經出現了畏懼的神色。

那隻鼉龍見到這樣的場面，早已經嚇呆了，再也不敢往前爬，

美女用小獸降服了母怪獸，卻用法力降服了公怪獸，在降服公怪獸的時候，鎮住了鼉龍。一前一後所用的方法不同，但卻是從《洛書神篇》副卷中來的。

扶搖萬里就是居高臨下，俯視眾生；胸攬蒼夷就是視眾生平等，戒一切恩怨與殺戮。心，開之門，唯聖至尊，就更明白了。無論對待什麼東西，必須要用自

己的誠心去對待，其實金光中的美女，本可以利用自己的法力殺死公怪獸，但是她並沒有那麼做，而是稍加懲戒，讓對方知道自己的厲害，從而令對方心服。至於那隻鼉龍，早有自知之明，見公怪獸那樣，牠也只有臣服了。

郭璞寫在《洛書神篇》副卷中的那些話的含義，與佛教善待眾生的宗旨是一樣的。在此之前，姜子牙在編纂《洛書神篇》的時候，就已經將這種意思融入其中了，身為大周朝的丞相，在輔佐武王成就大業後，早已經領悟了天地人三元合一的道理。

天是指神界，無所不在，無所不能。地是指畜界，包含各種鳥獸蟲魚，大到龐然大物，小到螻蟻，都是有生命的。人是指人界，無論多麼兇惡的人，都有他脆弱的地方。

善待萬物，用心去包容對方，才顯出你的胸襟和偉大。反之，無論對方多麼強大，只要你用心去對待，一定能夠發現對方的弱處，從而一舉擊敗對方。

被後人稱為軍事與謀略至寶的《孫子兵法》，其實包括起來，就是一句話：用心去發現對方的破綻。

當年孫武在寫《孫子兵法》的時候，也從《洛書神篇》中得到了啟示。

苗君儒的思緒萬千，漸漸領悟了《洛書神篇》副卷中的精髓。看來古代的聖人所考慮的問題，比現代的人要遠得多。

金光漸漸暗淡下去，金光中的美女也不見了，禦龍珠仍呈現著原先的白色光芒。那一公一母兩隻怪獸，領著那小獸，如一家三口，相擁著往黑暗中去了。那隻鼉龍這時也不見了蹤影，想必已經逃走了。

王凱魂化身的蟄龍倒在地上，受傷的脖子上不斷湧出血來。

苗君儒起身走過去，從身上撕下幾塊布條，包紮王凱魂的傷口。他問道：「你沒事吧？」

王凱魂說道：「放心，我還死不了，只可惜走了那隻鼉龍，那隻鼉龍最起碼活了兩千年，龜甲內有八顆鼉龍珠，要是能夠拿到那八顆鼉龍珠和定海神針，就算沒有寶玉兮盒與金剛舍利子，也可以進去幽冥通道。」他喘了一口氣，接著說道：「我還以為守衛城門的是蛟龍，哪知是一公一母兩隻猊龍，幸虧有這串禦龍珠，否則我們都會死在這裏。」

苗君儒想到：原來那兩隻怪獸是猊龍，是猊與龍交配出來的異種，古代典籍上並沒有猊龍的記載，王凱魂一定是從《洛書神篇》中知道的。

學海無涯，天外有天，人外有人，這話一點都不假。

苗君儒問：「你能夠變回人形嗎？」

「沒事，我先休息一會兒，然後跟著你走，」王凱魂說道：「你看用什麼辦法打開龍宮之門！」

苗君儒起身，向城門走去，城牆是由幾噸重的巨石砌成的，也不知道有多高。他走到城門洞內，雙手用力推了一下城門，竟然紋絲不動。

兩扇城門也是石頭的，估計比砌城牆的巨石輕不了多少，他這一推至少有幾百斤力氣，看來要想打開城門，不是一件容易的事情。

他在城門邊摸索了一陣，也沒有找到什麼機關。

古老的城門一般都是在裏面閂上後，再用大石條從裏面頂上，若沒有人從裏面開啟，單靠外面的力量，除非把城門衝破，否則是沒有辦法把門打開的。很多帝王的陵墓裏面，也是用這種封門的方法。精明的盜墓人，只有另闢蹊徑，才能進入墓道內。

他離開城門洞，往兩邊各走了幾十步，也沒有找到可以另闢蹊徑的地方。砌城牆的巨石，每一塊都有兩三米見方，巨石與巨石之間的縫隙，薄得連鋒利的刀片都插不進去。

早知道下面是這樣，還不如帶幾包炸藥下來，「轟隆」一下什麼都解決了。

王凱魂休息了一會兒，向城門這邊爬了過來，那兩個孩子跟在他的身邊，調皮的男童還用手去摸他頭上的角。

他見苗君儒在城牆邊轉來轉去，忙道：「要用心，用心呀！」

苗君儒回到城門洞內，再一次盤腿坐下，閉目默念《洛書神篇》副卷中的文字，念了幾句後，微微睜眼，見禦龍珠上的光芒照著黑色的城牆，卻沒有奇蹟出現。

他又念了幾句後，便再也念不下去了，倒不是他不想念，而是他根本不知道副卷中後面的那些文字，先前他默念的時候，有一個蒼老的聲音引導著他，而現在，那個聲音沒有了。

他起身，再一次用力去推城門，怎奈城門還是紋絲不動。

他朝王凱魂叫道：「我們沒有辦法打開的！」

王凱魂說道：「我和潘教授都已經算過，你是打開龍宮之門的最佳人選，這城門是上古時期神女所封，依靠凡力是肯定打不開的，除非我們還有什麼事情沒有做。」

苗君儒問道：「那你說我們還有什麼沒有做呢？」

王凱魂看了一眼身邊的兩個孩子，說道：「你把他們帶到這裏來，也許就是劫數……」

苗君儒不待王凱魂把話說完，便道：「你要我殺了他們，我做不到，也不允許你殺他們。」

王凱魂歎了一聲，說道：「可惜我研究的《洛書神篇》下卷不齊全，不然的話，一定有辦法打開龍宮之門的。」

如果打不開城門，他也沒有辦法回去，只有困死在這裏。

苗君儒說道：「讓我再想想！」

他退出城門洞，看了看兩邊的城牆和城門上方的字，也看不出有什麼可以推敲的地方，想著王凱魂說的話：要用心。

用心就能夠發現什麼嗎？

「叔叔，我們來幫你一起推開吧！」男童說道。

「讓他們去吧，也許真的有用，」王凱魂說道。

苗君儒領著兩個孩子走入城門洞，三人一起去推那城門。他們三個人從大缸內摔出來的時候，身上都有擦傷，兩個孩子的手掌上，還留有血跡。

那個女孩子的手上也有血，她一邊走一邊把手往身上擦，卻不留心腳下，冷不防踢到一處凸起的土塊，「噗通」一下摔倒，頓時又大哭起來。

苗君儒正要上前攙扶，忽然感覺腳下的地方發出震動，以為城門洞要垮塌，當下大驚，忙一把抱起兩個孩子，快步衝出城門洞。

除了城門洞，只見城牆邊上的地面拱出了一塊大方石，上面隱約有一些字跡，他放下兩個孩子，上前一看，見大方石上刻著一些遠古的象形文字，他看了一會兒，終於明白這水底龍宮是怎麼修建的。

原來上古的時候，九州大地鬧水災，各部落組織人手，治水方法都以塞為主，結果失敗。有崇氏部落的首領大禹遍訪賢達之人，求治水的方法。當他來到這裏的時候，見到了盤魚氏部落首領的女兒盤魚女，盤魚女建議大禹用疏導的辦法治水，並帶著部落的男女老少，幫大禹在茫茫大山中開鑿了一條疏水的通道（就是現在的三峽），通道開鑿完後，盤魚女就累死在這裏，跟隨著她的兩條應龍守衛著她的墳墓，久久不願離開。為了紀念這位重情重義的神奇女子，大禹在這山底下的溶洞中建了這座盤魚女神龍宮。

三峽通水之後，大水就把這個溶洞給淹住了，由於溶洞是密封的，裏面充滿了空氣，所以外面的水進不來。

真實的上古故事與傳說還是有很大出入的。

苗君儒看著大方石，陷入了沉思中，石頭上的字只說明了這座龍宮的來歷，並沒有提到定海神針，也沒有說如何進入龍宮。

要是進不了龍宮，等於白來一趟，橫豎都是死。

人留在這裏肯定會死，為什麼那兩隻猊龍在這裏面生活數千年，卻沒有事呢？也許在那兩隻猊龍的身上，可以找到進入龍宮的答案。他正要轉身去搜尋猊龍的蹤跡，卻見這塊大方石漸漸沉入了地下，隨即耳邊傳來轟隆隆的聲音，那聲音來自城門洞內。他走過去一看，見那兩扇石門緩緩向兩邊開啟。

石門一開，就聽到一聲巨大的水響，一股巨大的水流鋪天蓋地沖了過來，席捲著他們，一同沖入石門中。

原來石門一開，密封的空間內就產生了變化，空氣進入石門，溶洞外面的水也順勢灌進來了。

苗君儒睜開眼，發覺自己躺在草地上，身下是軟綿綿的碧綠小草。

他看到了來自頭頂的光線，忙欠起身，見身邊有一條涓涓溪流，溪邊到處長著叫不出名的奇花異草，山坡上的樹林裏有許多神奇的樹木，樹上開著五顏六色的花，山坡下長著幾棵桃樹，桃樹上長著又大又紅的桃子，幾隻猴子在樹上竄來竄去，不安地看著這邊。

眼前的一切與傳說中的世外桃源完全相同，莫非這裏就是龍宮？

他朝身後望去，見高高的石壁上，有兩扇石門，剛才他們就是從那上面被水流卷著沖下來的，現在石門已經閉上了。

那兩個孩子離他並沒有多遠，他朝旁邊看了一下，並沒有看到王凱魂，不知道王凱魂被沖到什麼地方去了。

他感覺渾身上下都瘆疼，休息了一會兒，見那個男童已經醒了，正爬過去搖晃那個女童。他起身向那兩個孩子走去，還沒有走到他們的跟前，就聽到那個男童驚叫起來，驚恐地望著左邊的樹林。

樹林中走出一隻怪物，龍頭蛇身，頸細腹大，尾巴尖長，四肢強壯，背上長著兩隻大翅膀，這些特徵都與古代傳說中的應龍極為相似。

城牆邊上的那塊大方石上面，就說過有兩隻應龍守護著盤魚女的墳墓。現在出現了一隻，應該還有另外一隻。

這種遠古的物種，想不到生命力那麼強，居然可以活上數千年之久。若不是親眼所見，誰又會相信呢？

應龍一步步地向苗君儒他們走了過來，不時張開大口，露出尖利的牙齒。這是在向他們試探，如果他們示弱的話，應龍也許會毫不猶豫地發起攻擊。

苗君儒想起禦龍珠中出現的神女，降服猊龍時的情景。可是他沒有神女的能耐，怎麼辦呢？

那個女童已經醒了，在男童的安慰下，沒有啼哭。苗君儒靈機一動，來到他們的身邊，要他們坐在他的肩膀上，並把手張開，這樣看上去，他就像一個龐然大物。他朝應龍迎上去，三個人同時發出大叫。

那應龍吃了一驚，慌忙逃入樹林中。

這一招是苗君儒幾年前在蒙古考古的時候，從一個牧民那裏學來的。那天晚上，他和那牧民被一群野狼圍住了，兩人逃到荊棘叢中，再無退路。情急之下，那牧民將酥油倒在繩子上，並用繩子做了兩個大圓圈，掛在荊棘樹上，點燃繩子後，遠遠望去，兩個大圓圈就像兩隻燃燒的眼睛，他們站在圓圈中大聲叫喊著，終於把那群野狼嚇跑了。

這個辦法還真的很管用，苗君儒放下兩個孩子，長長吁了一口氣。女童早已經看到了桃樹上的桃子，欣喜地向那邊奔去。苗君儒也覺得有些餓了，摘幾個桃子充饑也好。

來到樹下，見樹上的猴子已經逃到一邊去了，驚恐地望著他們三個人，吱吱地叫著。這裏本就是牠們的地盤，現在被外人侵入，內心當然不服氣。

這樹上的桃子要比平常的桃子大得多，皮薄肉多，輕咬一口，頓覺滿口清甜，美味無比。

苗君儒一口氣吃了三個，就覺得已經飽了。他打著飽嗝，見那男童坐在樹杈間，手捧著一個大桃子，吃得正歡。

他朝遠處望去，見遠處霧氣騰騰，完全看不清，但是可以看出，這裏面的空間很大。抬頭望了望，也看不到天，但光線卻是從上面照射下來的。隱約間，可聽到巨大的流水聲。

也不知道這裏究竟是一個什麼去處。

「我們走！」他朝兩個小孩說道。他們離開桃樹的時候，順手又摘了幾個，放在衣袋裏。

一行三個人沿著小溪往前走，行不了多遠，看到小溪變成了瀑布，下面是一個大水潭，水潭的水面上漂浮著一個人，正是變回人身後的王凱魂。

從他們處身的地方到水潭邊，上下有十幾丈高，還好瀑布旁邊的石壁上，長著很多粗長的藤條。苗君儒扯了一根藤條，將兩個孩子綁在背上，手拉著那些藤條，慢慢下到水潭邊。

放下孩子後，他撲入水中，把王凱魂拖上岸。

只見王凱魂的雙目緊閉，臉色青紫，估計受傷不輕，但是苗君儒也想不出什麼有效的施救方法。

這時，水潭的水面上出現一個大暈，從水底下浮出一條大魚來。

苗君儒看清了那條大魚的樣子，那並不是一條魚，而是一條和魚相似的怪物。尖牙利嘴，頭大而長，吻長而尖，眼眶大，眉弓高，前額突起，腹部鼓起，下面有四支長長的魚鰭，尾尖長。

在這充滿神奇的空間裏，什麼樣的珍奇異獸都有可能出現。

王凱魂被水流沖到水潭裏後，一定和這條大魚進行了一場搏鬥，才會傷成這樣。

苗君儒見王凱魂的嘴巴微微張開著，忙從衣袋裏拿出一個桃子，用力擠出桃汁，滴到王凱魂的嘴裏。

這個方法不錯，滴了十幾滴桃汁後，王凱魂睜開眼睛，無力地問道：「你給我吃的是什麼？」

「桃子！」苗君儒說道。

王凱魂吃力地說道：「沒想到水潭裏的那傢伙有劇毒，我不小心中了牠的道，現在渾身都失去了知覺，動不了了，蛇窟的邊上一定有蛇藥，天生萬物就是因果循環的，你在水潭邊找找看，應該有解毒的藥草。」

苗君儒起身朝水潭邊看了看，見到處都是奇花異草，哪一種才是解毒的藥草呢？

他看到那個女童正向岩壁底下走去，岩壁的下面有一棵果樹，上面結了一些果子；在距離地面一人高的地方，長著一朵五顏六色的大蘑菇，色彩斑斕的蘑菇一般都含有劇毒。

古代的醫生治療中毒的人，一般都採用以毒攻毒的方法。想到這裏，他來到岩壁下，採下那朵蘑菇。

他把蘑菇掰成小塊，塞到王凱魂的嘴裏。

十幾分鐘後，王凱魂的手可以動了，又過了些時候，他可以欠起身體了，只是感覺很虛弱，躺著和苗君儒說話。

「想不到龍宮裏面是這個樣子。」王凱魂說道：「得儘快找到定海神針！」

「這裏的霧氣很濃，地方也很大，一時半刻估計很難找得到，」苗君儒說道：「有野果充饑，我們可以多停留些時候，慢慢找！」

「那不是霧氣，是水汽，」王凱魂說道：「你聽這巨大的水響，一定有一處很大的瀑布！」

苗君儒點頭，他也懷疑有一處很大的瀑布。

女童已經從樹上摘了一些野果，邊走邊吃。從岩壁的上方飛下一隻鳥來，落在地上後，原來是隻公雞大小的小應龍，那小應龍跟著她，一蹦一跳的，時不時的用嘴去拉扯她的衣服。

女童轉過身，似乎嚇了一跳，但看到小應龍並不大，露出十分可愛的樣子，忍不住用手去摸，那小應龍也不懼她，居然讓她撫摸。女童還將手中的野果餵給小應龍吃。男童見狀，跑過去也用手去摸小應龍。

這情景令苗君儒和王凱魂都驚呆了，更令他們吃驚的是，岩壁的上方站著幾隻體形巨大的應龍。倘若那些應龍撲下來發起攻擊的話，他們只有認命的份。

越擔心的事情越會發生，有兩隻應龍已經從上面飛下來了，估計是那小應龍的父母。其中的一隻頭上長著很大的角，另一隻沒有角。沒有角的應該是母應龍。

那兩隻應龍落在地上後，一步步向那兩個孩子逼了過來，苗君儒要衝過去救他們，卻被王凱魂扯住，「不要輕舉妄動，現在我們兩個加起來，都鬥不過一隻應龍，那兩個小孩是死是活，就全靠那隻小應龍了！」

見那兩隻大應龍低吼著逼過來，兩個孩子都嚇呆了，站在那裏動都不敢動一下。

見女童不餵牠，那小應龍主動從女童的手裏搶野果吃，發出「嚶嚶」如孩童撒嬌的聲音。那兩隻大應龍停住向前逼近的腳步，靜靜地看著面前的一切。

王凱魂有些興奮地說道：「用心，牠們也在用心！」

苗君儒明白王凱魂說的話是什麼意思，但是他擔心那兩個孩子會做出什麼舉動來，讓應龍判斷錯誤，那樣的話就麻煩了，他急得鼻尖已經微微冒汗。

小應龍吃完了女童手裏的野果，跑回了父母的身邊，發出幾聲「吽嗚吽嗚」的抗議，好像在怪父母嚇著了牠的新朋友。

母應龍和小應龍親熱了一番，張開翅膀，帶頭飛回了岩壁上。公應龍朝苗君儒他們看了看，也飛了上去。

王凱魂對兩個孩子輕聲叫道：「多摘些野果子餵牠！」

男童跑到樹下，又摘了一大捧，過來餵那小應龍吃。小應龍也不客氣，張口就吃，看小應龍吃東西的樣子，似乎和兩個孩子混得很熟了。

王凱魂休息了一會兒，體內的毒素漸漸被蘑菇化解了，他站起身，看著水面上漂浮的怪物，問道：「苗教授，你認得那是什麼東西嗎？」

「樣子有點像地球上早已經消失的魚龍，但是不完全相同，」苗君儒說道：「這個空間裏還保留著史前世界的樣子。」

王凱魂微笑道：「龍宮裏面，肯定到處都是龍，今天你和我總算大開眼界了，只是想不到龍宮裏面會是這個樣子，和我想像的完全不同，我還以為是一些蝦兵蟹將，還有龍首人身的老龍王呢！」

「那只是神話傳說，」苗君儒說道。

「很多事情都是神話傳說，但是傳說也有真實的，就像這裏，」王凱魂說道：「神女峰下有龍宮的傳說流傳了幾千年，可是誰又相信龍宮是真實存在的呢？」

兩個孩子領著那小應龍，來到苗君儒他們身邊，小應龍歪著頭打量著他們，並不懼怕，還朝他們「嚶嚶」地叫了幾聲，好像是在打招呼。

苗君儒慢慢地伸出手去，小應龍並沒有躲開，任他在頭上摸了幾下。

「我們走吧！」王凱魂說道，他的身體恢復得很快。望著這裏長著的花花草草，隨便採幾樣出去，都是治病救人的上等奇藥！

四個人在前面走，小應龍在後面跟著，牠走得並不快，走路的樣子與鱷魚相同，一搖一擺的。有時候女童便停下來，伸手召喚著。

他們沿著溪流繼續往前走，兩個孩子和小應龍一路玩耍，看著他們活潑天真的樣子，苗君儒也忍不住想回到童年，重拾那無憂無慮的歡快時光。

溪水彎轉流淌，溪邊的樹林中不時走出幾隻動物，到溪中飲水，一見到他們，馬上躲入樹林中。空中飛過張開寬大羽翼的大鳥，那都是遠古的恐龍物種。科學家們早已經認定恐龍在地球上消失了幾千萬年，但這一古老的物種卻在這裏奇蹟般的延續生存著。

往前走了一個多小時，水流聲越來越大，轟然不絕於耳，水汽也似乎更濃了。突然，他們聽到一陣激烈的槍聲。在這種地方聽到槍聲，實在太意外了。

「一定是梅國龍他們，」苗君儒說道：「他依靠那張地圖，成功地穿過密道，進到這裏面來了！」

他們向前跑去，轉過兩道彎，溪流突然中斷，溪水向下筆直落去。前面已經沒有去路了，他們處身在一處斷崖上。王凱魂朝下面望了一眼，一眼望不到底，也不知道有多高。崖邊有一排在石壁上鑿出來的台階，台階寬約三尺，斜著向下，一邊是石壁，一邊是萬丈深淵，稍有差錯，便有粉身碎骨之虞。

槍聲時斷時續地從他們左前方傳來。

苗君儒和王凱魂一人牽著一個孩子，小心地走下台階。那隻小應龍飛身而起，在他們頭頂上盤旋著。

往下走了幾百級台階，離開了水汽瀰漫的雲層，終於看清了下面的情形。下面是一個很大的湖泊，一眼望不到頭，湖泊的中間有一個島嶼，島嶼上有許多石頭砌成的房子，就像西方古代的城堡，城堡最高的房子頂上，有一樣東西正放射出刺眼的光芒。原來這個空間裏的光線就來自那裏。

西遊記裏面說定海神針放在龍宮裏，放射出萬道金光，莫非那發光的，就是定海神針？

如果把發光的東西拿走，這裏就會陷入黑暗中，失去了光源，所有的物種都會滅絕，這處美妙的世外桃源，會變成一塊死地。

循著巨大的水聲，他們看到遠處的峭壁上，一條巨大的白練懸在半空中。水流飛騰而下，沖入湖中，翻起層層巨浪。

「我明白了！」苗君儒說道：「石壁裏面那個很大的洞直通長江，洞裏面有機關，每過十二年，湖裏的水降到一定的位置，機關就會開啟，長江之水就會通過那個洞，流到湖裏，這麼大的水流量，肯定會在水面上出現那麼大的一個漩渦。」

他這麼解釋，似乎有一定的道理。王凱魂微微點頭，這麼大的一個工程，不要說在遠古時期，就是在現代，也是絕難完成的。在時間上，精確得那麼準，每個龍年的六月初一準時開啟，不多一天，也不少一天，真可謂是奇蹟中的奇蹟。

終於走完了台階，苗君儒感覺雙腿有些發軟，他仰頭朝上望了一下，這一上一下，有數千米高，相對外面而言，他們現在早已經是在幾千米的地下了。

這就是一位英國考古學者預言過的神奇的地下文明。那位科學家在著作中提到，根據考古研究推斷，在人類生活的地下，有一些大小不一的空間，這些空間相對是封閉的，其光源主要來自地下之火，這些空間裏，生活著許多史前物種。到目前為止，人類都無法探明。那位科學家在發表那篇著作之後，被人們稱為瘋子，最後自殺了。

人類在很大的程度上，其實是很可悲的，在科學沒有發展到一定的程度時，對於未知的領域，絕大部分人類都不敢去面對。就像證明地球是圓的一樣，有多少堅持真理的人付出了生命的代價？

他當初在看那篇文章的時候，也產生過自己的想法，依照中國多樣化的地貌特徵，那種地下文明的空間，肯定是存在的，只不過無法找到而已。

王凱魂掬了一捧湖水，喝了一口，說道：「這裏的水和海水一樣，又苦又鹹！」

當然又苦又鹹，這個湖泊的存在，說不定已有上百萬年之久，湖水不斷蒸發沉積，和海水沒有什麼區別。

那隻小應龍也落了下來，正和女童玩得不亦樂乎。在湖邊的沙地上，有許多白色的骨頭，有大也有小，有很多跟魚骨相似，有的卻是一些猛獸留下的。苗君儒看到前面有一個巨大的頭骨，那頜骨下的牙齒，每一顆都有幾寸長，他認出是霸王龍。根據那些骸骨的樣子，還可以分辨出是鴨冠龍、翼龍、三觭龍、雷龍和劍龍。根據資料記載，這些恐龍分屬於不同的年代，科學家們只能在化石中見到牠們，像這樣完整而又種類這麼齊全的骸骨，乃舉世未見。

「定海神針應該就在那個小島上，」王凱魂指著小島說道。

從他們處身的湖邊到那個小島上，有好幾公里的距離，沒有船，怎麼過得去呢？王凱魂可以變身游過去，剩下的他們三個，可就麻煩了。若是苗君儒一個人，還可以考慮游過去，那這兩個孩子怎麼辦呢？把他們留在湖邊嗎？

「叔叔你看那邊！」男童眼尖，早已經看到遠處的湖面上，有一艘木排在波浪中前進。

苗君儒定睛望去，見那艘木排正艱難地向小島駛去，木排上隱約可見有好幾個人。

一定是梅國龍！

想不到他居然帶人闖過了密道內的機關，進到了這裏面，用不了多久，他們就可以先到達小島上，拿到定海神針。

「他們是什麼人？」王凱魂問道。

「就是我在北平見過的那個人，神貓李把密道的地圖給了他，密道裏有很多機關，我還以為他會死在裏面，想不到被他破解了！」苗君儒說道：「他對我說過要制止獨裁，但是很難令我相信，到現在為止，還不知道他的真實背景。」

「他不是我們的朋友，就一定是我們的敵人。」王凱魂說道：「我去對付他！」

說完後，他跳入了湖水中，可是還不到兩分鐘，他游回了岸邊，沮喪地說道：「不知道為什麼，我不能變身了！」

「可能是你中了那條大魚的毒，把你體內那《洛書神篇》中的藥力都化解掉了！」苗君儒說道。他只能這麼解釋，大自然有很多不可思議的事情，往往結果也不可思議。王凱魂本就是一個正常的人，依靠著《洛書神篇》中的玄機，把自己變成了異類，到了這種充滿異類的地方，他反倒變成正常人了。

「怎麼辦，我們趕不上他們了，」王凱魂急道。

急也沒有用，苗君儒的眼睛望著那隻小應龍，又望了望空中飛舞的翼龍，如果能夠得到大應龍的幫助，就可以安穩到達小島上了。

可是人和應龍怎麼交流呢？

《山海經》上說應龍是黃帝的座騎，也就是說人可以駕馭應龍，問題是如何駕馭牠們？在遠古時代，應龍就像如今人們養的馬匹和駱駝一樣，也是人類飼養的，可是現在，他和大應龍只見過一面，就想要對方馱他們過去，談何容易？

王凱魂說道：「要是大應龍能夠帶我們過去就好了！」

女童聽到了王凱魂的話，對小應龍認真說道：「你叫你的爸爸媽媽帶我們到那個小島上面去，好嗎？」

小應龍歪著頭，不解地望著女童。女童指著湖中的小島，做了一個飛翔的手勢。小應龍「嗖」地飛了起來，向小島飛去。

「回來，回來呀！」女童跺著腳叫道：「不是要你去，是叫你的爸爸媽媽帶我們過去呀！」

小應龍聞聲飛了回來，落在女童腳邊，又跳又叫。女童上前，騎著小應龍的身上，指了指小島，小應龍撲騰了幾下翅膀，根本飛不動。

牠似乎明白了女童的意思，縱身騰起，朝懸崖頂上飛去。不一會兒，隨著一聲渾厚悠長的龍吟聲，幾隻大應龍飛了下來。

第七章

盤魚女神之墓

整個墓室內，沒有一根用來做支撐的石柱，
其建築原理與古代的拱形石橋的原理一樣，
全靠石塊與石塊之間的相互抵衡力。
但這麼大的建築物，歷經數千年仍無任何損毀現象，
不能不說是中國古代建築史上的奇蹟。
石鼎後面的牆壁上，是一張雕刻出來的人臉，
人臉長約十米，高約八米，線條柔和古樸，
依稀可以分辨出是一張女人的臉。

搜神異寶錄

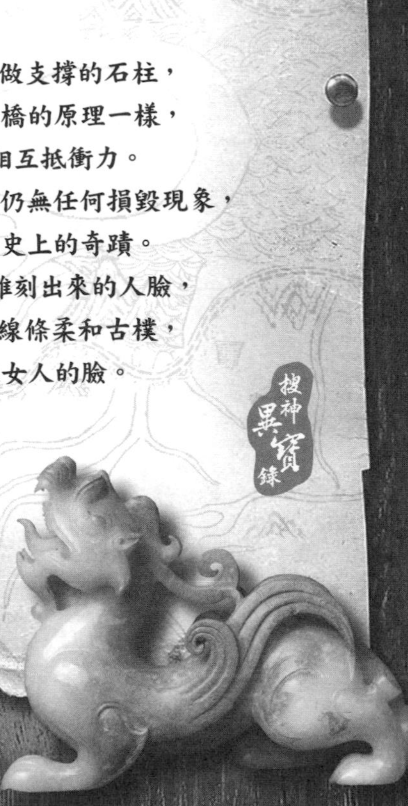

那幾隻大應龍落在離他們不遠的地方，並不敢靠近，眼神中充滿著警惕。其中一隻大應龍的背上，居然騎著一隻猴子，原來這裏面的動物，大多都已經認識，而且早已經取得了默契。

苗君儒從衣袋內拿出幾個桃子，向那猴子丟過去一個。那猴子伸手一抓，便將桃子準確地抓住，津津有味地吃起來。

他接著把桃子向一隻大應龍丟過去，那大應龍一口咬住，兩下子就吞掉了。他把桃子平放在掌心，一步步朝離他最近的一隻大應龍走去。他憋著一口氣，是成是敗就看這一招了。

那隻小應龍在女童的胯下鑽來鑽去，幾次試圖馱她起來，但都失敗了。

那隻母應龍見狀，主動走了過來，蹲下。女童爬上母應龍的背脊，抓著背脊上的背鰭，男童也不示弱，兩下子爬了上去。剛一坐穩，母應龍就展開翅膀滑了出去。小應龍興奮地叫著，迅速追了上去。

這邊，苗君儒已經成功將桃子送到一隻公應龍的嘴裏，手已經摸上了應龍的觸角。在王凱魂的注目中，他已經騎上了公應龍的背。

公應龍張開幾米長的翅膀，撲騰幾下後，飛了起來。

那隻母應龍在女童的指揮下，向湖中小島飛了過去，公應龍緊隨其後。

王凱魂正要向另幾隻應龍走過去，哪知那幾隻應龍已經飛了起來，這樣一來，就把他一個人留在湖邊了。

「我們會很快回來的！」苗君儒大聲叫道，他的聲音很快被水流聲所掩蓋。

有應龍相助，沒幾分鐘就已經到了小島的上空。在上空盤旋了兩個圈，兩隻應龍先後落到城堡前面的空地上。

苗君儒的腳一踩到地面，就覺得地面上軟綿綿，鼻子聞到一股強烈的腥臭味。仔細一看，見腳下踩著的全是黑乎乎的動物糞便，糞便中還夾雜著許多魚類的骨頭。

空中飛的那些鳥和翼龍，在湖中吃了魚之後，都是到這裏來拉屎的，日積月累，就積了厚厚的一層。

「好臭呀！」男童捂著鼻子叫道。

確實很臭，可苗君儒顧不了那麼多，他看到不遠處走過來幾個人，為首的並不是他見過的梅國龍，而是劉白。

他微微一驚，似乎明白了什麼。

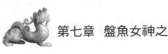

那些人走近了些，劉白大聲叫道：「苗教授，想不到吧？我們又見面了！」

「梅國龍呢？」苗君儒問。對方幾個人的腰裏都揣著手槍，有兩三個在肩上還挎著大號的軍用背包，裏面不知道裝了什麼東西。

「你說那個傢伙呀，說不定這個時候已經死在洞裏了，」劉白有些畏懼地看著苗君儒身邊的兩隻大應龍：「看不出你還有這麼大的能耐，不但從那個漩渦裏進來，還把那兩條龍給降服了！而我們對付那些傢伙，要依靠手裏的東西。那些傢伙很厲害，好幾槍都打不死。」

「是你控制住了你師傅，對不對？」苗君儒問道。

「那個老傢伙，要不是我養著他，幾年前就已經死了，他雖然是我的師傅，可是我把他服侍得像祖宗一樣，」劉白微笑道：「你說他能不相信我嗎？」

「所以他教給了你很多關於破解密道機關的辦法，你才有本事進來這裏。」苗君儒說道。

「錯！」劉白搖頭道：「他兩次進入密道，最後一次只進到第四層，怎麼可能告訴我那麼多破解機關的辦法呢？」

這下苗君儒有些糊塗了，劉白看上去並不是精通奇門異數的人，怎麼有可能成功破解那裏面的機關？

「有時候要用腦子去想的，」劉白笑道：「我用現代人的辦法對付古人設下的機關，很有效果的，我一共帶了十二個爆破專家，一個團的人，最後只剩下這麼幾個，我想你應該明白我是怎麼走過來的吧？」

用炸藥破解機關，確實是一個好辦法，但關鍵是如何控制炸藥的用量，兩年前山西軍閥閻錫山手下的一支部隊，想用炸藥炸開一座山中的古墓，發點死人財，結果用量過多，導致山崩人亡。

「你到底是在幫誰？」苗君儒問。

「你應該知道我在幫誰，」劉白說道：「我可不想一輩子成為巨盜被人通緝，我也想過我自己認為很舒服的日子。」

「黃森勃到底是被誰殺的？」苗君儒問。

「你這得問他去，」劉白說道：「其實我早就知道他想做什麼，只不過我將計就計而已，巨盜劉白可不是那麼好捉弄的。」他望向身後巨大的古城堡，繼續說道：「想不到傳說中的龍宮原來是這個樣子的，誰進得去，誰就可以拿走定海神針，苗教授，你身邊只有兩個孩子，怎麼跟我鬥？不如我們來個君子協定怎麼

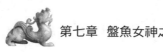

樣？」

「你想怎麼辦？」苗君儒問。

「讓我帶走定海神針，你幫我找到玄幽古城，拿到那塊黃帝玉璧，」劉白說道：「只要東西一到手，高官厚祿你一輩子享受不盡！」

「你認為我是貪圖享受的人嗎？」苗君儒說道。

「那也很簡單，我可以讓你當北大的校長，」劉白說道：「人活在這個世上，總會有追求的！不為利，就為名，二者必選其一。」

苗君儒微笑道：「你根本不瞭解我！」

劉白的臉色一變，說道：「如果你不願意和我合作的話，我只有殺了你！」他的手上出現一支槍，槍口對準苗君儒，「砰」的一聲槍響，子彈射入苗君儒腳前的鳥糞中。那三隻應龍受到驚嚇，嚇得轉身飛起來。

「我說你好好的在學校裏待著行不行，非要來摻和這檔子事，這不是明白擺著找死嗎？」劉白冷笑著，「我的手指頭一勾，你可就永遠躺在這裏了。」

「你不想殺我！」苗君儒望著那槍口，「你要是想殺我的話，一見面就已經開槍了，根本不會說這麼多廢話！」

「那你猜一下我為什麼不想殺你？」劉白問。

苗君儒搖了搖頭，有些事情一時間是很難做出判斷的。

「我知道你很想進去拿定海神針，我可以讓你進去！」劉白說道。

苗君儒想到，也許劉白想坐收漁翁之利，等他拿出來後，劉白再從他手上搶去。他看了看那城堡，建築結構與小島渾然成了一體，就像他進來的那地方一樣，有一個幾米高的城門洞，兩扇大石門從裏面緊閉著。

「我也可以命他們用炸藥把城門炸開，」劉白說道：「我在這裏等你，怎麼樣？不過你必須把那兩個孩子留給我。」

兩個男人過去，把兩個孩子從苗君儒身邊扯了過去。另一個男人背著大包的炸藥，朝城堡走去。

「請吧，苗教授！」劉白說道。

「叔叔！」男童叫道。

「沒事的，你們先在這裏玩一會兒，叔叔等下來接你！」苗君儒對男童說。

他跟著那人向城堡走去，來到城門邊，見到一塊石碑，上面有幾個陰刻的象形文字：盤魚女神之墓。

原來這不是一座城堡，而是墳墓！

自古來的墳墓都是深埋在地下，或者深藏在山腹中，如此這般修建的，實在罕見。墳墓呈不規則的長三角形，與小島成為一體，墓牆用黑色巨石疊就，層層相接，最高處距離地面約五十米。東西北三面均沒有路進去，只有南面開一門。

他們從密道中進入龍宮，經過了那麼多機關，這墳墓中，肯定還有機關。就算進得了那扇門，也不一定能夠拿得到定海神針。

那個走進墓門洞的男人突然發出一聲驚呼，就在苗君儒的眼前，身體變成了幾塊，血濺當場。連站在不遠處的劉白都看呆了。

苗君儒停住了腳步，他和那男人一前一後相隔十幾米，那男人是中了什麼機關導致喪命的，他並沒有看清。

劉白跑了過來，驚道：「師傅說得沒有錯，他中了女神的詛咒！」

神貓李怎麼會知道這龍宮內的事情？

苗君儒問道：「什麼是女神的詛咒？」

「是《洛書神篇》上記載的，說是……」劉白發覺自己說露嘴，忙換了一個話題：「其實也沒有什麼，就是墓道內的機關！」

《洛書神篇》下卷中有很多破解墓道機關的玄術，王凱魂之所以能夠成為民間盜墓第一人，全是依仗那本書，可是書中的秘密，神貓李又是如何知道的呢？

除非神貓李偷看了王凱魂的《洛書神篇》，苗君儒想起他看過的那封信，潘教授在信中要神貓李幫忙找黃帝玉璧，並沒有提到王凱魂，這其中莫非還有什麼玄機？

也許王凱魂被神貓李利用了，當他幫神貓李去孝陵中證明黃帝玉璧不在朱元璋的手裏後，卻被墓火燒了臉，從那以後，神貓李並未再回水神幫，而是選擇了一個人在江湖上流浪。難道他在躲避什麼嗎？

他要躲避的人，應該是王凱魂。既然是這樣，這麼多年來，王凱魂為什麼不派人尋找神貓李，而是甘心躲在那個偏僻的地方，專心研究《洛書神篇》。

而神貓李，卻在那些年裏，找到另一件至寶——寶玉兮盒。

神貓李能夠找到寶玉兮盒，說明他盜墓的本領已經不在王凱魂之下，難怪劉白也知道這麼多。

「你師傅還告訴了你什麼？」苗君儒問。

「他只說要想拿到定海神針，必須想辦法破解女神的詛咒，進天地人三道門就行了，」劉白說道。

「問題是如何破解女神的詛咒呢？」苗君儒問。

「他沒有對我說，只說有人能夠破解，」劉白說道。

苗君儒想起了他離開恭王府中的時候，神貓李在他們的背後說的那些話，那正是《洛書神篇》副卷中的內容。

見過《洛書神篇》副卷的人，並不見得能夠看懂那上面的意思，需要用很長時間去悟會的。

「性，空，意，滿。經，藏萬千變化；絡，行於周天，以後天補先天。天罡地煞，乾上坤下，天人合一，內聖外王……」苗君儒念了一遍，也捉摸不出這與女神詛咒有什麼關係。

「你也會？」劉白驚道，接著大笑起來，「我師傅說過，只有懂那些話意思的人，才可以拿到定海神針，我想那個人應該就是你了！」

「我也不懂那些話是什麼意思，」苗君儒說的是真話。

「人之本性乃天真無邪，無貪嗔癡等諸多欲望，放棄你的欲望，回歸真諦……」一個聲音從他們身後傳來，是王凱魂，他渾身濕漉漉的，剛從水裏爬上來，他是游過來的。

這與三字經中「人之初，性本善」的本意完全相同，也與佛教有很大的淵源。

「你是誰？」劉白驚愕地問。看著王凱魂一步步朝他們走過來。

苗君儒說道：「論輩分，他是你的長輩，難道你師傅沒有對你說過水神幫嗎？」

「你說的就是那個古老而神秘的水神幫？」劉白問。

「你師傅可是水神幫四大執事長老之一，」苗君儒說道：「看來，他有很多事情都瞞住了你！」

「我可不管什麼水神幫不水神幫，只想快點拿到定海神針，」劉白把手裏的槍晃了一下，叫道：「你們現在多了一個人又怎麼樣，能鬥得過我手裏的槍嗎？別廢話了，趕快進去，把定海神針拿出來。」

王凱魂對苗君儒說道：「去吧，你是唯一的人選，記著我說的話，要想破解女神的詛咒，只有用那個方法！」

苗君儒一步步地走入墓門洞，他的心已經提到了嗓子眼，心中不斷默念著那段文字。當他來到那具斷成幾截的屍體邊時，看到了伏在墓門上的兩隻大「螳螂」。實際上，那只是兩隻有點像「螳螂」的怪物，怪物有兩尺多長，黑色的身體外面披著一層甲殼，從外面看，那兩隻「螳螂」就像鑲嵌在石門上的飾物。那兩隻「螳螂」朝他嘶嘶地叫著，揮舞著手裏的兩把「大刀」。

他想起了那個死者，死者正是因為害怕才發出叫聲，叫聲顯示出人內心的恐懼，兩隻大「螳螂」聽到叫聲後才發起攻擊的，用「大刀」將那人砍成了幾段。《洛書神篇》副卷中的「內聖外王」，意思就是無懼，如果你不懼對方，對方是不會輕易發起攻擊的。

他撿起地上的背包，那裏面還有不少炸藥，到了裏面也許還有用。他壯著膽子，對那兩隻大「螳螂」視若無睹，一步步向墓門走去。

他的雙手一觸到那墓門，墓門立即緩緩向兩邊開啟。原來墓門是虛掩著的，不需要用太大的力氣。那兩隻大「螳螂」不知道什麼時候，縮進墓門旁邊的石頭縫隙中去了。

一股腐臭黴爛的氣息迎面撲來，苗君儒忙憋住呼吸。那種沉積了數千年的氣味，肯定含有很強的毒性，吸進去一口都是致命的。

裏面並不是他想像的那樣黑咕隆咚的，屋頂有一線光照射下來，剛好照著他面前的石板通道。原來上面有一個圓孔，是讓光線透下來的，圓孔雖小，也起到了流通空氣的作用，裏面的空氣雖臭，卻沒有那麼大的毒性。

他看清了裏面的情形，幾乎驚呆了。

在那條石板通道的兩邊，密密麻麻地站著許多人，那些人穿著麻布葛衣，或立或坐，什麼樣的姿勢都有。有的手中還拿著幹農活的工具，但是他們毫無例外地將頭扭向同一個方向。

他走了進去，多年的考古經驗使他一眼就能確認，這些人並不是石雕或者陶模，而是實實在在的人，死了數千年的屍體，全都是些乾屍。

這個空間裏的空氣很濕潤，按道理人死後會很快腐爛，死了那麼多年的古人，能夠剩下骸骨就相當不錯了，這麼多乾屍是怎麼形成的呢？

看這些乾屍臉上的表情，並不痛苦，身上也沒有刀砍斧剁的痕跡，完全不同於古代殘暴制度下的人殉，不是被人殺的。何況大禹生活的年代，是原始社會向奴隸社會的轉型期，人與人之間的社會地位，相對來說要平等得多。

但是這些人有老也有少，若按自然定律去推斷的話，不可能同時死亡。那他們又是如何死在這裏，怎樣變成乾屍的呢？

盤魚女雖說在當時擁有相當高的社會地位，得到民眾的愛戴，但是她死後，依照當時的社會情況，大禹不可能用這麼多人為她殉葬，除非這些人是盤魚女的族人，自願留在這裏殉葬。

但就算是殉葬，死後的姿勢大都是或靠或躺，絕不可能有站得那麼筆直的。

確實是個謎！

順著那些人的目光朝上首望去，見上首是一個石台，石台上成圓形排開九個造型怪異的石鼎，石鼎的四個角上，還有四個手舉大石盤的石人，石盤上放著一些土和石頭，活脫脫一件古代藝術性的盆景。

《淮南子・覽冥篇》中稱：往古之時，四極廢，九州裂，天不兼覆，地不周載；火爁焱而不滅，水浩洋而不息；猛獸食顓民，鷙鳥攫老弱。於是女媧煉五色石以補蒼天，斷鼇足以立四極，殺黑龍以濟冀州，積蘆灰以止淫水。蒼天補，四極正；淫水涸，冀州平；狡蟲死，顓民生；背方州，抱圓天。

在古代，九鼎就是九州，代表整個世界。那四個石人手裏的石盤，代表著東西南北四極，後來逐步被後人稱為：東勝神洲、南贍部洲、西牛賀洲、北俱蘆洲這四大洲。

石鼎與石人的擺放方式，迎合了古人對天圓地方的解釋。

這間外墓室的結構，四周是正方形，石塊砌到十幾米的高度後，便呈拱形向頂上壘去，留下正中那個圓形的孔。整個墓室內，沒有一根用來做支撐的石柱，其建築原理與古代的拱形石橋的原理一樣，全靠石塊與石塊之間的相互抵衝力。但是這麼大的一個建築物，歷經數千年仍無任何損毀現象，不能不說是中國古代建築史上的奇蹟。

石鼎後面的牆壁上，是一張雕刻出來的人臉，人臉長約十米，高約八米，線條柔和古樸，依稀可以分辨出是一張女人的臉。

莫非就是墳墓的主人盤魚女？

古代無論是雕刻和繪畫，女人的嘴巴大多是緊閉著的，但是眼前的雕刻不同，嘴巴完全張開著。

那是門。通往第二層墓室的門。

苗君儒一步步的往前走著，漸漸來到石台下，如果劉白沒有說錯，第一層墓室應該是「人」，接下來就是「天」或者「地」了。

他的腳剛踏上石台的台階，耳邊似乎聽到有人說話的聲音，以為是劉白他們進來了，轉身望去，見進來的方向空無一人。

突然感覺腦後一陣風響，他下意識地往旁邊一閃，一把木鋤就擊在他剛才站過的地方。這種木頭製作的鋤頭正是大禹時期人們用來幹活的工具，那時候的冶金工業還未興起，青銅器還屬於奢侈品。

他看到四具乾屍揮舞著木鋤，朝他劈頭蓋腦地打過來，忙退後幾步，立好了架勢。

乾屍或殭屍攻擊人的現象在考古界是很少聽聞的，但是民間卻有很多版本。他以前認識一個盜墓人，就聽對方說過殭屍吃人的事。

殭屍是怨屍，很邪惡的，對付殭屍，盜墓的人有很多方法，但都是法術。如果是上了年紀的千年殭屍，那可不是一般人能夠對付的，那需要很高的法術才行。按民間的說法，乾屍和殭屍是有很大區別的。殭屍是人死後嗓子眼裏還留有一口氣，身死而氣不斷，屍體不腐不臭，久而久之就形成了殭屍，殭屍靠喝人血，吸人氣，來增強自己的法力。

乾屍則不同，乾屍不屬於怨屍，並不邪惡，只是人死後身體內由於某些原因變成乾枯，形成乾屍。墓室內的乾屍一般都被某一個法術和道行很高的人下了詛咒，用來守護洞穴或者陵墓，一旦外人闖入，打破了洞穴或者陵墓內陰陽二氣的平衡，乾屍就向闖入的人發起攻擊，直至把人殺死。

乾屍可沒有殭屍那麼兇猛，對付乾屍比對付殭屍容易得多了，苗君儒一腳踢掉了第一具乾屍的頭顱，那頭顱落在地上，滴溜溜地滾到人群中去了。失去頭顱的乾屍在原地轉了一個圈，手執木鋤繼續朝苗君儒撲來。

另外三具乾屍手中的木鋤，分上中下三路向苗君儒掃到。

苗君儒早已經料到，身體後翻，避開上面的兩根木鋤，右腳橫掃，已經掃斷了兩具乾屍的腿。待第三把木鋤掃到他的腿邊時，猛地伸手抓住。他這麼做，只想掂量一下這麼乾屍有多厲害。以前聽人說與殭屍和乾屍搏鬥，有多麼的驚心動魄，這次總算自己親身經歷了。

斷了腿的那兩具乾屍摔倒在地，只剩下上半身，雙手支撐著還在地上爬。

他已經把抓著的木鋤從那具乾屍的手裏扯了過來，木鋤的另一端連著那乾屍的半截手臂，斷了手臂的乾屍似乎愣了一下，用另一隻手摸著斷臂的地方，臉上那兩個黑洞洞的眼眶中，似乎還有兩顆眼珠，有些不可思議地望著他。

「對不起，我只是想把棍子搶過來，」苗君儒說完後啞然失笑，他說的話，這些乾屍怎麼能夠聽得懂呢？

手裏的木鋤有點沉，這種古代用來農作的工具，歷經數千年居然沒有腐朽，還這麼堅硬結實，也不知道是什麼木質的。

一具乾屍張開雙臂和身撲了上來，想要抱住他，慌忙間，他伸出了右手直直抓了出去。這一招叫黑虎掏心，是他從一個武術前輩那裏學來的。如果一招擊中的話，足可將對方的肋骨擊斷。

「噗」的一聲，他的拳頭擊入乾屍的胸膛，由後背穿出，一個圓圓的東西隨著一團破絮般的乾屍骨肉落在地上。那具乾屍掛在他的手上，頭顱垂在他的胸前，再也不動了。

他聞到一股腐臭的怪味，胃裏一陣收縮，忙甩開那具乾屍的殘骸，看清落在地上的那圓圓的東西，有拳頭般大小，好像是人的心臟。心臟一落地，乾屍就徹底「死」了。

他明白過來，手中的木鋤朝第二具乾屍的心臟部位捅了過去。

這一次並沒有發出聲音，那圓圓的心臟被捅離軀體後，乾屍隨即也趴在地上。剩下那兩具在地上爬著的乾屍，他用木鋤一點一個著。

解決完這四具乾屍後，他的身上出了一身冷汗，還好這墓室內的其他乾屍並不像那四具一樣，否則全部向他攻過來，還真的不知道怎麼對付。

他的腳再一次踏上台階的時候，聽到了一陣說話聲，同時看到台階旁邊又有幾具乾屍開始動了，分成左右兩邊朝他攻擊過來。這一次他有經驗了，專找乾屍的心臟部位下手，一擊一個準。

沒一會兒，地上就落了一大堆殘肢斷骸。

他望著那台階，每碰一次就有乾屍活過來，這樣下去也不是辦法。除非把所有乾屍的心臟都掏出來，否則他沒有辦法走上去。

想了一會兒，他用木鋤挑起幾具乾屍，丟在台階上，這回沒有乾屍「活」過來了。

機關可能就在那台階上，台階有九層，仔細一看，每一層的高度都不相等，三六九這三層似乎要高一些。

他微微笑了一下，又用木鋤挑起幾具乾屍，丟在那三層台階上，身體隨之縱起，腳踩著乾屍飛快上了石台。

站在石台上，他不敢鬆懈，眼睛觀察著四方，腳下不停，向「人臉」的嘴巴走去。

這裏並沒有石門，只有一排台階向上。他捏著一把汗，用木鋤朝台階上敲了敲，一步步走了上去。

台階有些長，通道內的光線有點暗，但還可以看得清。他的神經繃得很緊，只要聽到一點異常的響動，他立馬翻身退下台階。

終於走完的台階，他長長地吁了一口氣，在他的身後，一塊石板悄無聲息的滑過來，將那個通道口蓋得嚴嚴實實。

迎面看到墓室的正中有一尊巨大的人首蛇身石像。是遠古傳說中的伏羲，石像中的伏羲散髮披肩，身披獸皮，一派遠古風範，那凸出來的眼珠閃動著異樣的光芒，目光顯得深沉、睿智，無愧於古代智者的形象。

第二層應該是「地」，即各種飛禽走獸，可是空蕩蕩的墓室內，只有這麼一尊伏羲的石像。

是不是搞錯了？

他的眼睛望著伏羲的雙手，只見伏羲的左手拿著一塊泛著藍色光澤的石頭，右手指著地面。

他走近了些，看清伏羲左手的那塊石頭上有一個平面，平面上光芒閃爍，耀人眼睛，隱約可見是一副八卦圖。伏羲仰觀象於天，俯察法於地，依《河圖洛書》的含義，研究出了乾、兌、離、震、巽、坎、艮、坤為內容的卦圖，用陰陽八卦來解釋天地萬物的演化規律和人倫秩序。

莫非那八卦圖有什麼奧秘不成？

他的目光轉向了地面，只見地面的石板上，雕刻著許許多多千奇百怪的遠古動物，有的很模糊，有的卻很清晰。

伏羲手上的那塊藍色的石頭幻化出一陣絢麗的藍色光芒，光芒漸漸籠罩住了整間墓室。突然，苗君儒聽到一聲低沉的巨吼，眼前藍光一閃，一隻遠古的巨獸朝他撲了過來。

是幻覺，苗君儒想到，但是他的手還是下意識地揮起木鋤，向那隻巨獸打去。

他以為會打一個空，哪知木鋤打在那巨獸的額頭上，他的手也為之一震。

怎麼回事？難道這不是幻覺嗎？

他大驚，忙退後了兩步。扭頭朝身後看了一眼，只見他上來的那條通道已經消失不見了，蹲在那裏的，是一隻露出獠牙的老虎。

他沒有退路了！

在他的面前，出現的不止一隻怪獸，而是一大群，豺狼虎豹什麼都有，樣子與現代的有很大的區別，體格巨大而且很兇猛。那些怪獸低吼著，蜂擁著向他撲來。

若以一人之力抵禦那麼多怪獸，除非是神仙。

苗君儒有些絕望了，不是說只有他才可以來拿定海神針的嗎？用不了幾秒鐘，也許他就會被這些怪獸撕成碎塊。

「用心……用心……」

電光火花之間，苗君儒再一次憶起了《洛書神篇》副卷中的文字，不錯，要用心才行。伏羲手裏拿著的是八卦圖，後人依據這八卦圖形演變成了八卦陣法，其中八個卦象分含八種卦意：「乾為馬，坤為牛，震為龍，巽為雞，坎為豕，離為雉，艮為狗，兌為羊」，分別是八個圖騰的意思。

八卦陣按休，生，傷，杜，景，死，驚，開八門。從正東「生門」打入，往西南「休門」殺出，複從正北「開門」殺入，此陣可破。

伏羲所創的先天八卦中，早已經含了這種陣法。

他從通道中出來的時候，無意間已經踏進了伏羲布下的八卦陣，所以陣勢啟動，那些怪獸向他發起攻擊。

若照陣圖所示，他現在所踏的位置，正好是「生門」，他看了一眼那些撲向他的怪獸，衝在前面的，正好是七隻。

位於西南方向的，是一條獨角牛。管不了那麼多了，他將木鋤擊向那條牛的牛角，身體縱起，凌空飛上牛背，單腿獨立，站在牛背上。那牛受驚，調轉牛頭往回衝。

這一衝正好把其他的怪獸給衝散，他見那牛正好朝西南方向的「休門」衝去，心中大喜。在經過伏羲身邊的時候，見伏羲手中的八卦圖換了一個位置，陣內的情勢一變，腳下的牛扭過頭，朝「驚門」衝去。一龍一狗從左右兩邊向他飛撲了上來。

原來著八卦陣可以隨著伏羲手裏的八卦圖千變萬化，一旦進入其中，無論從哪邊衝，都是死路一條。

情急之下，他跳離牛背，避開一左一右撲向他的龍和狗，腳剛落地，眼前一花，一隻高冠雄雞劈面啄來。

手起棍落，將面前的雞打飛，在其他怪獸的圍攻下，他左突右擋，數次險象環生，連連後退，幾乎貼上了伏羲的石像。石像要比他高得多，他仰起頭，剛好看到伏羲的胸膛。

就一霎那，腦海中靈光一閃，在一頭野豬張著獠牙向他撲來的時候，他迎了上去，右腳飛起踢向野豬的豬嘴，借用反衝力令身體騰空，手中的木鋤高高揚起，筆直捅向了伏羲的心窩。

一聲脆響，木鋤捅入了伏羲的心窩，登時斷為兩截。

他的身體落在地上，眼看著那些怪獸一擁而上，幾乎聞到了怪獸口中的腥臭氣味。他已經做好了最壞的打算，閉上眼睛，準備忍受身體被撕裂的痛苦。

時間彷彿過了很久，他聽到一陣「吱吱嘎嘎」的聲音，睜眼一看，那些怪獸早已經不見了蹤影，墓室內空空如也。不同的是，在對面的牆壁上，開啟了一扇門。

門開啟後，從門內射出一道刺目的白光，看得眼睛都花了。

過了一會兒，他的眼睛慢慢適應了那光線，朝那門走過去。在他的身後，那尊伏羲的石像轟然倒地，伏羲手裏那塊刻著八卦圖的藍色石頭，落在地上後變成了藍色的水珠，滲入了石板縫隙中，登時不見了。

他已經走進了那門內，奇怪的是，當他進入門內的時候，那白光就消失了。門內還是一條通道，不過沒有台階，而是一道筆直往上的斜坡。

斜坡兩邊的洞壁上，雕刻著很多雲層狀的花紋，手法粗獷古樸，線條簡明清晰，雲層中還有一些人，那些人姿態各異，頭大身細，層次感分明，約莫這就是遠古人類心中的神仙了。

洞壁的石塊並不是普通的石塊，像半透明的水晶，從內部透出一絲朦朧的光來。兩邊的光線流光溢彩，使得刻在石塊上的人，看上去就像在雲層中不停地變化著各種身姿的仙子。

如此唯美的畫面，令他幾乎看呆了。

走在通道內，彷彿置身其中，不由自主地產生了飄飄然之感，他張開雙手，以為自己就是雲層中的某一個人，身穿輕若無物的雲裳，飄逸灑脫，拋卻一切世俗煩惱，處身於空靈世界裏，無憂無慮地翩翩起舞。

如果聽不到那一聲龍吟，也許他會一直這麼沉迷地舞下去，不知道舞到什麼時候為止。

是那隻小應龍，從頭頂的圓孔中飛下來，站在通道口上，對著他又叫了一聲，彷彿是在催促他。

他醒了過來，驚愕地看著自己張開的雙手，他剛才的舉動，完全是受了牆壁上圖案的誘惑。

他看了一眼小應龍，見那小東西一步步地走進來，不時扭頭朝兩邊看著，走不了多遠，牠的身體也起了變化，尾巴左右晃來晃去，也開始跳舞了。

他哈哈大笑起來，想不到這小傢伙也被誘惑了。

小應龍瞬間清醒過來，尖叫一聲，逃出了通道。

他沿著通道向上走去，眼睛不去看兩邊的牆壁，否則又會被誘惑。這條通道長約三百多米，他走了二十來分鐘。

走完通道，看到了第三扇門，門半開著，門邊有兩個高大的應龍石像。古書上說，幫助大禹開鑿山道，疏通河流的，就是應龍。

第三層是「天」。前兩層中，並沒有看到與盤魚女有關的雕像或其他的東西，莫非在第三層中？

他剛走到門前，腳下的一塊石板向下陷去，那石門就悄然向內開啟了。他以為踩中了什麼機關，嚇得跳到一邊。

門內並沒有暗器射出來，也沒有什麼怪物。

他慢慢地走了進去，見到一幕奇怪的景象。第三層墓室比前兩層要大得多，除了正中間一口巨大的石棺外，與第二層一樣空空蕩蕩的。墓室的四周各有一根石柱，每根石柱上都有一顆特大的夜明珠，由珠子放射出來的光芒照亮了整間墓室，光線柔和無比。

石棺的棺蓋並沒有合上，而是凌空懸浮在那裏，棺蓋的上方同樣懸浮著一根通體黝黑的棍子，那棍子長約一點五米，上首是一個龍頭，從龍頸往下逐漸變細。

這根棍子與老人手杖無異，從式樣上看，並沒有特別的地方。

不同的是從這根手杖上筆直往上射出的那道光芒。

那道光芒穿出屋頂的圓空，射在懸浮在屋頂的那個大圓球上。圓球就像是一個小太陽，不斷向四周放射出白色的光芒。

整個地下空間的動植物能夠存活到現在，都是小太陽的功勞。

如果沒有猜錯的話，所謂的定海神針，應該就是那根黝黑的手杖了。遙想著遠古時代，大禹拄著這根手杖，翻越千山萬水，不辭勞苦地奔波著。盤魚女死後，他把這根手杖留在這裏，陪伴著他的紅顏知己。

很多遠古樹木的木質與現代的完全不同，歷經歲月的滄桑後，不但不腐朽，反而變得堅硬異常。比紫檀木還要珍貴得多的陰沉木，就是遠古的樹木沉積在地下轉變的，在古董界，陰沉木被稱為「千金不換」之木，是可遇而不可求的。

區區一根手杖，居然擁有那麼大的神力，真的是不可思議。

如果把手杖拿走，上面的圓球肯定就失去了光芒，沒有了光芒，這個空間就會毀滅。

他遲疑著，向前走了過去，來到石棺前，看到石棺內躺著一個女人。

第八章

定海神針與遠古密道

她就像躺在花叢間小憩，做著一個美麗的夢，
夢醒來，她會拿起工具，率領族人幫大禹疏通河道。
苗君儒看到盤魚女的頭部枕著一塊白色的玉石，
玉石的表面很平整，上面隱約有一些文字。
他不敢用手去拿，怕驚醒這個熟睡的女人，
更怕觸動這裏面的東西後，
會給這個空間帶來毀滅性的災難。

搜神異寶錄

苗君儒望著石棺內的女人，那女人的眼睛緊閉著，就像剛剛睡去的樣子，個子並不高，頭髮用黃藤條挽在頭頂，皮膚黝黑，高額塌鼻，前吻突出，露出幾顆發黃的大暴牙！上身裹著粗麻布製作的衣服，下身圍著用獸皮縫起來的裙子，腳上沒有鞋，光著一雙大腳。

這委實是一個醜得不能再醜的女人，但是她的長相，完全符合遠古的人類特徵。

他曾經在陝西的五台山地區，發現了一處遠古人類生活過的痕跡，從那裏挖出來的頭顱化石，就是高額塌鼻，前吻暴出，門牙外露的。

望著這女人，他實在無法相信，這個與活人一般無二的女人，最起碼死了五千年。依靠著一種無法用科學解釋的神奇力量，保留著當初的樣子。

就是這樣的一個醜女，被後人尊為巫山女神，無論是石刻還是浮雕，而或是書畫傳說，無不將其描述得美若天仙，神聖無比，令世人不敢褻瀆。

這就是真實的幾千年前的女人，現實和傳說是有很大區別的，就算是一個再醜的人，只要為人類做出巨大貢獻，肯定會受到後人的敬仰，而生存在後人心中的，定然是一個美得無與倫比的神女。

只有美，才能配得起心中的神。

石棺很寬敞，除了這個女人外，旁邊都擺放著一些顏色各異的花，這些花也已經陪伴著棺內的人過了幾千年，但卻好像剛採下來的時候一樣，有許多花蕾還未開放。

在盤魚女的肩膀邊上，左右各放著一些石頭和木製的工具。她生前很勤勞，死後也把生前用過的工具放在身邊，到了另一邊仍可以用得著。

她就像躺在花叢間小憩，做著一個美麗的夢，等夢醒來，她仍會拿起這些工具，率領族人幫大禹疏通河道。

苗君儒看到盤魚女的頭部枕著一塊白色的玉石，玉石的表面很平整，上面隱約有一些文字。他不敢用手去拿，怕驚醒這個熟睡的女人，更怕觸動這裏面的東西後，會給這個空間帶來毀滅性的災難。

他怔怔地站在那裏，呆呆地望著石棺內的女人。

時間一點點地流逝，他彷彿忘記了自己的存在。

在他的身後，出現了幾個人，是劉白他們，還有王凱魂和那兩個孩子。他們見苗君儒進來這麼長時間還沒有動靜，便衝了進來。

王凱魂精通盜墓之術，很快便破解了第一和第二層墓室的玄機，帶人來到第三層。饒是如此，他們在經過下兩層的時候，還是費了一些手腳，死了兩個劉白的手下。現在劉白身邊，只剩下一個大鬍子男人了。

他們一走進第三道門，就看到苗君儒站在石棺邊，像個木頭人。

「你在幹什麼？」劉白朝苗君儒叫道。

苗君儒望了一眼身後的人，低聲問道：「你們是怎麼進來的？」

王凱魂答道：「只要你進了那扇門，這裏面的陰陽五行就破了。」他看著那石棺，繼續說道：「躺在裏面的，是不是個女人？」

苗君儒點頭。

王凱魂笑道：「這個地方是在地下的，屬陰，加上這具石棺內的女人，更是陰上加陰，難怪只有你這個至剛至陽的人，才可以進得來，冥冥之中，早已經定了的。也只有你，才能拿到定海神針。」

「定海神針在哪裏？」劉白問道。

王凱魂望著懸浮在空中的那根手杖，他進來後看到那根手杖，就認定那就是傳說中的定海神針，這定海神針，與孫猴子從龍宮中拿走的金箍棒完全不同。

得到王凱魂的肯定後，劉白身邊的大鬍子男人大步走了過來，伸手去拿那根手杖。

「不要！」苗君儒驚叫道，他實在不願意看到這裏陷入黑暗中。

王凱魂的臉上微微露出一抹冷笑。

那個大鬍子男人並不在意苗君儒的驚叫，就在他的手觸到手杖的時候，他突然發出一聲慘叫，只見他的手像被火燒著了一般，冒出一團火焰。一道白光閃過，那個男人不見了，空氣中留下一些飄飄下落的粉塵。

一個大男人就這樣在大家的面前消失不見了。

劉白大吃一驚，用手槍對著苗君儒說道：「快點去拿，聽到沒有？」

王凱魂冷眼看著面前的情況，並不加阻攔。

「叔叔！」男童叫了一聲。

「苗教授，你要是不想拿的話，我去拿，如果我死了，你們找不到回去的密道，只有老死在這裏！」

劉白一步步向前走去，一手握著槍，一手去抓那手杖。

「慢著，我來！」苗君儒說道。

他是從漩渦的地方下來的，那地方只能下而不能上，要想離開這裏，只有走密道回去，劉白是唯一知道密道裏面機關的人，如果劉白一死，就算能夠找到密道的入口，要想成功破解那裏面的機關，也不是一件容易的事情。

「鳳凰火精，生丹穴，舉鳴天兮涅槃，火焚身兮泱泱……天地意合兮予所心動，人道修修兮予音嘵嘵……」王凱魂緩緩念道。

傳說鳳凰是人世間幸福的使者，每五百年，牠就要背負著積累於人世間的所有不快和仇恨恩怨，投身於熊熊烈火中自焚，以生命和美麗的終結換取人世的祥和與幸福。

苗君儒知道王凱魂念的那些話，一定出自《洛書神篇》，莫非《洛書神篇》裏面，有如何拿取定海神針的箴言？

看王凱魂話裏的意思，好像是在教他如何拿取定海神針。

冒然去拿肯定是不行了，苗君儒不想自己像剛才那個人一樣，變成一些灰塵。王凱魂後面那些話的意思，就是天地人三位合一的意思，可是天地人三位合一關鳳凰涅槃什麼事呢？他的手扶上石棺，猛地看到石棺中盤魚女的額頭上，出現一個紅色的火焰印記。

原來鳳凰涅槃的奧秘在這裏，但是要怎樣才能讓盤魚女涅槃呢？

苗君儒並沒有動，他驚愕地看到盤魚女額頭上冒出一股火焰，火焰迅速蔓延開來，整個石棺內燃起熊熊大火，這火與別的火不同，是一種刺眼的血紅色。

在火中，漸漸出現一隻鳥。鴻頭、麟臀、蛇頸、魚尾、龍紋、龜軀、燕子的下巴、雞的嘴。

是鳳凰，一隻三足鳳凰。

在古往今來的各種典籍中，只有三足烏，並沒有三足鳳凰之說。很多典籍裏面，都說鳳凰是兩隻鳥，雄為鳳，雌為凰，其總稱為鳳凰。

但是他們面前火中的，確實只有一隻鳥，也不知道是鳳還是凰。

那隻鳳凰在火中翩翩起舞，高聲鳴叫了三聲，向上飛去，轉眼間在眾人的面前消失了。懸浮著的棺蓋落了下來，將石棺蓋得嚴嚴實實。

由手杖上射出的光線消失了，手杖落在了棺蓋上，恰好被苗君儒抓在手裏。正如他所料的那樣，手杖堅硬如鐵，拿在手裏顯得很沉。

手杖一落，眾人頓時覺得眼前的光線一暗，頂上那大圓球仍懸在那裏，只不過發出的光線暗淡了許多。

「把定海神針給我，」劉白向苗君儒撲了過來。

苗君儒把手杖當棍子使用，虛晃一招，一棍打在劉白的胸前。劉白登時飛了出去，撞在牆上，手裏的槍落到了一旁。

王凱魂幾步搶上前，把槍撿起，沉聲道：「要想活命的話，就帶我們出去！」

劉白望著他，惡狠狠地點了點頭。

一行人正要離開盤魚女的墳墓，卻見那石棺緩緩沉了下去，旁邊露出一個方方正正的洞口來，洞裏面黑乎乎的，一排台階斜著往下，也不知道有多深。

王凱魂笑道：「原來進來和出去是兩條道！」

他縱身從牆角的一根石柱上拿了一顆夜明珠，頭一個走了下去。劉白也想去拿夜明珠，要是拿一顆出去的話，可以賣不少錢。他剛伸手，腳下一陣晃動，忙嚇得趴在地上。

苗君儒看到四周的牆壁都在搖晃，知道這建築物要倒，忙招呼兩個孩子跟著王凱魂進去，並隨即走了下去。

劉白連滾帶爬地撲了過來，跟在苗君儒的身後。他早已經沒有了剛才的趾高氣揚之氣，像一隻被人打殘的狗，喘著粗氣，不停地用手抹著嘴角的血。

他對苗君儒說道：「我外面還有人，如果他們看不到我出去，一定會殺了你們！」

「放心，只要你不亂來，我們不會殺你的！」苗君儒說道。

「苗教授，把你手上的定海神針給我看看行不，我看完馬上還給你，」劉白說道。

「剛才你不是已經看過了嗎？」苗君儒邊走邊說。

台階成環形向下，王凱魂走得很小心，他也害怕踩上機關。可是一直走到最下面，也沒有觸發任何機關。出現在他們面前的，是一條頂上成拱狀的通道，通道的另一頭，隱隱還透過來一線光。

劉白見苗君儒不願意把定海神針給他看，有心去搶，但又自忖打不過，於是自言自語道：「說不定那石棺裏，還有什麼好寶貝呢！」

「是有好寶貝，是一塊白色的玉石，上面有一些文字和圖案，」苗君儒說道：「可惜我當時沒有叫你去拿！」

「你說什麼，石棺內還有一塊白玉，」走在最前面的王凱魂停住了腳步，轉過身來問，「是不是枕在那死人頭下的？」

「是呀！」苗君儒說道：「我也覺得很奇怪，不知道是一塊什麼，本來想拿出來看的！」

「可惜，可惜，」王凱魂連連歎道：「我怎麼就沒有想到呢？大禹把定海神針給盤魚女做了陪葬，那河圖說不定也留在那裏了！」

苗君儒吃驚不小，放在盤魚女頭下的，居然就是遠古傳說中的「河圖」。與手上的這根定海神針相比，「河圖」不知道要珍貴多少倍。

「要不我們回去拿，怎麼樣？」劉白提議道。

「沒有用的，時間也不允許了，」王凱魂說道：「一個時辰之後，這裏就會陷入黑暗之中，也許會發生坍塌。」

他繼續朝前走，腳步加快了許多。

走過了一段石塊壘成的通道後，進入光線明亮的通道，通道的兩邊不再是黑黑的石塊，而是一種類似水晶的半透明石塊，光線從外面透進來，清晰地照見通道裏的一切。

地面上積了一層水，也不知道是從什麼地方滲透進來的，腳踩在水裏，剛好沒過腳背。

他們踏著水往前走，光線突然一暗，一團黑呼呼的東西撞在半透明石塊的外面，看上去有點像一條大魚。依情形，他們是走在湖底了。

通道內的光線變得迷離起來，大家都覺得眼睛開始發花，頭腦開始發昏。

這種地方也許常年空氣不流通，積了很多惰性氣體，人一旦進入其中，會窒息而死。這是考古學中的常識問題，他怎麼就沒有想到呢？

若此時想退回去的話，是不可能的，得想辦法緩和一下。

他想起了老師曾經教過的應急辦法，用布沾水捂著鼻子，可以暫時救命。他忙叫道：「快用布沾水捂著鼻子，快點走！」

幾個人忙從身上撕下一塊衣服，到腳邊沾了一些水，捂在鼻子上。

男童叫起來：「好臭呀！」

確實很臭，還有一股很濃的腥味，這些水都已經積了幾千年，不臭才怪。

幾個人又往前走了幾十米，女童第一個倒了下去。苗君儒一個箭步上前，將女童扶起背在背上。他抬頭望了一下前面，看上去還有很遠。這樣下去的話，他們走不到盡頭，會死在這裏。

他摸了一下身上那個裝有炸藥的背包，橫豎都是死，只有賭一賭了。

「你背著她，你們快點往前走，越快越好！」他把背上的女童交給劉白。

「你要幹什麼？」劉白問。

「把這裏炸開，讓外面的水沖進來，只有這樣，我們才有一線生機，」苗君儒說著，已經把背包取了下來，從裏面拿出幾捆炸藥擺在一旁，其他的人則快步向前跑。這時候，他看到面前黑影一閃，耳邊有風吹過，扭頭一看，見是那隻小應龍，已經跑到前面去了。這小東西行動起來，速度還挺快的。

他很快點燃了炸藥，起身朝前猛跑。

引線只有兩寸長，從點燃到爆炸只有幾秒鐘。他剛跑出十幾米，身後一陣巨響，如天崩地裂一般，震得人幾乎暈了過去。

一股很大的水流從後面沖來，席捲著他們往前面而去。苗君儒連連嗆了幾口水，那水又苦又鹹，喉嚨裏頓時火辣辣的，極其難受。

他的意識開始模糊起來，右手牢牢地抓著那根定海神針，左手撲騰著，終於抓到一條軟軟的東西，那東西滑溜溜的，好像還在動，也不知道是什麼。他也顧不了那麼多，任由那東西扯著他往前移。

耳中聽到劇烈的咳嗽，他的頭從水裏冒出來，深深吸了一口氣。

他聽到王凱魂叫道：「總算沒有死在裏面，苗教授的方法還挺不錯的！」

他摸到一排向上去的台階，把頭靠在台階上，閉著眼睛大口大口地喘氣。剛才在裏面被水卷著，根本沒有辦法呼吸，差點沒憋死。水還在不斷的往上湧，速度還挺快。

「蛇呀！」男童驚叫起來，苗君儒睜眼一看，見一條黑皮大蟒蛇就躺在他的身邊，他剛才抓著的，正是這蛇的尾巴。

那蛇受驚，直起上半身退到一旁，呼呼地吐著信子。苗君儒爬起身，見那蛇的頭頂上有一個紅色的雞冠瘤，還長出了兩支小鹿一樣的角。

這並不是普通的蛇，古書上稱為「修蛇」，《山海經‧海內南經》中記載：「巴蛇食象，三歲而出其骨，君子服之，無心腹之疾。其為蛇青赤黑。一曰黑蛇青首，在犀牛西。」

「修蛇」是一種很大很兇猛的動物，能把一頭牛活生生的吞下去。他們這四個人，還不夠牠飽餐一頓的。

男童身邊的小應龍發出「嚶嚶」的叫聲，似乎並不示弱。要是真打起來，小應龍根本不是修蛇的對手。

奇怪的是「修蛇」並沒有朝他們進攻的意思，似乎很害怕的樣子，掉過頭拚命往上面爬去。

「牠在逃生，」王凱魂叫道：「我們快走，這裏恐怕用不了多久就要塌了！」

那女童已經甦醒了過來，但劉白仍背著她，往上爬去。

苗君儒的身體一半還在水裏，他轉了個身，爬起來跟在他們的後面。上了一百多級台階後，身後的水不再向上湧了，但是轟隆隆的巨大響聲不絕於耳，也不知道通道的外面發生了什麼事情。

王凱魂一個勁的叫著：「快走快走，要塌下來了。」

沒有人敢停下來，一個個神經都緊繃著，最大限度地邁著雙腳往上爬。

也不知道爬了多久，苗君儒實在爬不動了，坐在台階上喘著粗氣，其他幾個人也比他好不到哪裏去。

劉白把那女童放下來，說話的時候都斷斷續續的，「實在……走不……動了……」

女童雖然不重，但是這麼長時間背下來，身體的那份耐力，也絕非一般人可比的。苗君儒望著劉白，似乎想到了什麼。

劉白為什麼這麼「聽話」，難道僅僅是為了想活命這麼簡單嗎？從見到他開始，苗君儒就隱約覺得他和王凱魂之間，好像有什麼聯繫。

神貓李與王凱魂二人之間，肯定有外人不知道的秘密，那秘密與整件事有莫大的關係。

轟隆隆的聲音由他們的下面傳來，藉著微弱的光線，苗君儒看到下面的通道洞壁一層層地坍塌下來。

「快走，再不走就被壓死在這裏了，」劉白叫道，拖起女童，拔腿就往上跑。

王凱魂早已經跑在最前面去了。

苗君儒吃力地爬起身，拄著那根手杖往上走。奇怪的事情發生了，拄上那根手杖後，他竟然覺得渾身充滿了力氣，而且身輕如燕，爬台階一點都不吃力，如同閒庭信步一般。

沒想到這根手杖居然這麼神奇。

男童突然坐了下來，說道：「叔叔，我實在走不動了。」他用手撫摸著身邊的小應龍，小應龍爬台階的時候，身體一歪一歪的，樣子很可愛。

「我來背你！」苗君儒將男童背在背上後，感覺輕若無物，他的腳步並不減慢，緊跟在劉白的身後。

劉白喘著粗氣，轉過頭看著苗君儒那輕鬆的樣子，不解地問：「你怎麼……」

前面的王凱魂發出一聲驚呼，苗君儒朝前一看，見王凱魂站在一扇緊閉的石門前。他和劉白來到王凱魂的身後，一齊看著那扇石門。在他們的身後，洞壁上的石頭正一塊一塊地坍塌下來。

「你必須儘快破解這門上的秘密，否則我們……」王凱魂說道，其實不用他說，大家都知道，上天留給他們的時間並不多。

石門上面有幾行楔形文字，這種文字比遠古的象形文字又進了一步，在楔形文字的旁邊，有一副圖。

「你一定成功拿到了定海神針，通過了湖底的迷心孔道，只有充滿智慧和勇氣的人，才能打開這扇門……」苗君儒看著石門上的楔形文字，按著上面的意思念道。

「廢話，」王凱魂叫道，「能夠站在這裏來的，哪一個不是充滿智慧和勇氣？」

「別急，我是按字面的意思翻譯過來的，」苗君儒說道。石門上的那幾行楔形文字，長短不一，有一行才兩個符號。旁邊那幅正是河圖，上面的陰陽點很清晰。

這副河圖刻在這裏是什麼意思，與邊上的文字有何關聯？

河圖以十數合五方，五行，陰陽，天地之象。圖式以白圈為陽，為天，為奇數；黑點為陰，為地，為偶數。其中，單數為白點為陽，雙數為黑點為陰。四象之中，每象各統領七個星宿，共廿八宿。

河圖共有十個數，一、二、三、四、五、六、七、八、九、十。其中一、三、五、七、九，為陽，二、四、六、八、十，為陰。陽數相加為廿五，陰數相加得三十，陰陽相加共為五十五數。所以古人說：「天地之數五十有五」，即天地之數為五十五，「以成變化而行鬼神也」。即萬物之數皆由天地之數化生而已。

河圖以天地合五方，以陰陽合五行，所以圖式結構分佈為：一與六共宗居北方，因天一生水，地六成之；二與七為朋居南方，因地二生炎，天七成之；三與八為友居東方，因天三生木，地八成之；四與九同道居西方，因地四生金，天九成之；五與十相守，居中央，因天五生土，地十成之。

河圖乃據五星出沒時節而繪成。五星古稱五緯，是天上五顆行星，木曰歲星，火曰熒惑星，土曰鎮星，金曰太白星，水曰辰星。五行運行，以二十八宿舍為區劃，由於它的軌道距日道不遠，古人用以紀日。

五星一般按木火土金水的順序，相繼出現於北極天空，每星各行七十二天，五星合周天三百六十度。由此可見，河圖乃本五星出沒的天象而繪製，這也是五行的來源。

因在每年的十一月冬至前，水星見於北方，正當冬氣交令，萬物蟄伏，地面上唯有冰雪和水，水行的概念就是這樣形成的。七月夏至後，火星見於南方，正當夏氣交令，地面上一片炎熱，火行的概念就是這樣形成的。三月春分，木星見於東方，正當春氣當令，草木萌芽生長，所謂「春到人間草木知」，木行的概念就是這樣形成的。九月秋分，金星見於西方，古代以多代表兵器，以示秋天殺伐之氣當令，萬物老成凋謝，金行由此而成。五月土星見於中天，表示長夏濕土之氣當令，木火金水皆以此為中點，木火金水引起的四時氣候變化，皆從地面上觀測出來的，土行的概念就是這樣形成的。

坐北朝南，左東右西，水生木、木生火、火生土、土生金、金生水，為五行左旋相生。中心不動，一、三、五、七、九，為陽數左旋；二、四、六、八、十，為陰數左旋；皆為順時針旋轉，為五行萬物相生之運行。所以，「生氣上轉，如羊角而升也」。故順天而行是左旋，旋天而行是右旋。所以順生逆死，左旋主生。

在《洛書神篇》副卷中，一再說明要想進入神女峰下的漩渦，左旋方能下，也就是這個道理。

「快點，來不及了！」劉白叫道。

洞壁坍塌的地方離他們越來越近，已經不到十米遠。

王凱魂手中的珠子也越來越暗，他焦急地望著苗君儒。

苗君儒看著那扇石門，漸漸地，他看出石門上隱隱有一層網狀的線條，線條與線條交叉的點，有明也有暗，就像夜空中的星星。

是星宿圖！

不僅僅是他看到了，其他的人也看到了。

苗君儒的腦海中靈光一閃，他說道：「如果照河圖中的數字推算，石門上的星宿圖中，命宮應該在其中的一顆星上。」

王凱魂點頭，深諳盜墓之術和推算之道的他自然明白這個道理。

若照現代的科學理論推斷，太陽系的中心點是在太陽的位置。而古代的人對太陽系是沒有研究的，他們只對肉眼看到的星象進行研究。

在古人的眼中，星宿的命宮並不確定，而是與地上的帝王天子有很大關係的，是根據當權者的生辰八字來排出那一顆星宿符合當時的命宮，就是所謂的帝星。

無法確定生辰就無法確定星宿的中宮所在。

「快點呀，馬上就塌到這裏了！」劉白急得幾乎要哭出來。

「就用一八八七年十月三十一日這個，陰曆清光緒十三年九月十五，」苗君儒說道：「他本人也承認是那天生的。」

時軍閥混戰已經結束，唯有這個人才可以稱得上是中國第一人，對於他的生辰，有很多種說法，也不確定那一種是真的。

「丁亥年九月十五，月圓之夜，屬陰，」王凱魂掐指一算，指著星宿圖上的北斗七星說道：「此命極貴，乃屬巨門星，此人極有心計，手段高深莫測，命宮所在是天璇星。」

苗君儒朝天璇星望去，果見那顆星與旁邊的星星不同，但是旁邊闓陽星一閃一閃的，光芒似乎要勝過天璇星，闓陽星乃武曲星命宮所在。莫非這個人的對頭已經現世？而那人的命宮正是闓陽星。

「《洛書神篇》所記載北斗七星第一曰破軍，第二曰武曲，第三曰廉貞，第四曰文曲，第五曰祿存，第六曰巨門，第七曰貪狼。」王凱魂說道：「此人名列第六，也算真命天子了！」

苗君儒將手杖對準天璇星戳去，而此時，洞壁坍塌的地方，離他們已經不足兩米，落下來的石頭已經滾到他們腳邊了。

一戳之下，只見石門上幻化出一圈漣漪般的光芒，那光芒漸漸擴散開來。隨著那光芒，石門緩緩開啟。

苗君儒最後一個走進石門的時候，洞壁上的坍塌下來的石塊剛好滾到門邊。

石門內是一個很大的空間，裏面並不暗，柔和的光線可以照見每個人的髮梢，也不知道光線來自什麼地方。

在大家面前的是一個大水潭，水潭裏的水黑幽幽的，也不知道有多深，水面很平靜，沒有一絲波紋。

不知道為什麼，只要看著水潭，心裏就莫名其妙地產生了恐懼感。

水潭邊上可走路的地方很窄，也不過是兩尺寬。對面有一扇已經打開了的石門，裏面露出了一條通道。從他們所在的地方到達那扇石門，必須從水潭邊上走過去。

「大家小心點！」王凱魂說完，從水潭的左邊走去，兩個孩子手牽著手緊隨其後。

才走到一半，水潭裏的水突然「嘩啦」一聲響，水面上出現一個巨大的龍頭，龍頭上兩個紅燈籠一樣的眼珠，盯著大家。

女童驚叫一聲，差點失足落下水潭，幸虧被劉白一把抓住。

龍頭左右擺動著，慢慢上升。苗君儒認出正是從他身邊爬走的修蛇，只是這條修蛇要比那條修蛇粗大得多。

修蛇看著眾人，突然頭一低，張開巨口，朝那男童撲了過來。

「孽畜！」苗君儒飛身而起，人在空中，揮著手杖向修蛇的頭部打去。他這麼做，只想暫緩修蛇對大家的攻擊，並沒有想過自身的處境。

「快！」王凱魂拉起那男童，飛快朝前跑。劉白也抱著女童，緊跟在後面。

這條修蛇有生以來，也許從未見到有人會主動朝牠發起攻擊，牠將蛇頭一晃，朝苗君儒噴出一股毒液。

苗君儒暗叫不好，已經聞到了那股毒液的腥臭味，可是他身在空中，根本沒有辦法躲開，只好閉上眼睛準備受此一劫。

就在毒液即將濺到他身上的時候，從旁邊竄起一條黑影，那黑影的速度極快，一頭撞上苗君儒，將他撞開。

苗君儒的身體撞到石壁上，落了下來，站穩身體一看，見那小應龍一口咬著修蛇的脖子，一蛇一龍落入了水中。

「快點過來，不要管那麼多了，」王凱魂已經走到了石門邊，對苗君儒叫道。

苗君儒看著水潭內仍在泛起的水波，心潮起伏，小應龍為了救他，不惜奮力一戰，以死相爭。而他來到這個空間裏，只為了拿走手裏的東西，使這個空間在瞬間毀滅。使可愛的小應龍失去了牠賴以生存的環境，還有那麼多珍奇百怪的遠古動物，都將先後死去。若干年後，也許牠們的化石會被再次進入這個空間的人發現。

那個時候的人們，根本無從知曉這個仙境一樣的空間，是什麼原因導致毀滅的。

他現在身處的是水潭的右邊，如果從右邊走過去，不知道會怎麼樣？

他的腳踩了過去，不料看似有石塊的地方，落腳居然是虛的，所幸撐著洞壁，才沒有掉到水潭裏。

他返身往回跑，沿著水潭左旋跑向王凱魂他們那裏。

當他離那道石門還有十幾米的時候，聽到身後一陣水響，一陣腥味撲鼻而來。

站在門口的王凱魂叫道：「小心呀！」

苗君儒的腳下不停，將手杖向身後打去。「撲」的一聲，似乎打個正著，但是自己的身體卻被什麼東西吸住了一般。

他回頭一看，頓時大吃一驚，見那隻小應龍仍死死地咬著修蛇的脖子，身體和修蛇纏繞在一起。由於應龍實在太小，修蛇很粗，所以應龍只能夠咬著修蛇的小半邊脖子，饒是如此，也讓修蛇渾身不自在。在水底折騰了一番之後，修蛇衝上水面，準備用脖子去撞水潭邊的石塊，把小應龍撞下來。

不料牠撞的地方就在苗君儒的身後，苗君儒把手杖往後打去的時候，正好戳中修蛇的眼珠，修蛇倒吸一口氣，吸住了苗君儒。

苗君儒大驚之下，忙雙腳站了一個馬步，穩住了身體，才沒有被修蛇吸進去。

修蛇的眼珠被戳破，大痛之下，吸完氣後將蛇頭猛甩。苗君儒緊緊抓著手杖，隨之也被甩了起來。

這樣一來反倒幫了苗君儒的忙，他被修蛇甩過眾人的頭頂，落入通道內。通道裏仍是向上的台階，他撞上台階後，滾到王凱魂的腳邊。

還好身上只是一些擦傷，並無大礙。他們身後一聲響，那石門緩緩關上了。

男童哭道：「小傢伙在哪裏呢？」

王凱魂叫道：「顧不了那麼多了，快點走！」

石門關上後，通道內很暗，幸有王凱魂手中的珠子，隱約可以照見前面的路。往前不遠又見往上去的台階。

苗君儒照例走在最後面，隱約見兩邊的洞壁上，有明顯雕刻的痕跡，只是光線太暗，看得不真切，這個時候是在逃命，沒有時間進行考古研究。

這段台階的坡度很陡，幾乎直上直下，還好並不長，王凱魂的腳一踏上台階，突然頭頂一陣響動，他大感不妙，飛速閃到一旁，只見兩塊石頭擦著他的衣服落在地上。

好險！

「媽的，這裏面有機關，」王凱魂驚魂未定，他一生盜墓無數，見過不少比這驚險得多的場面，卻從來沒有哪次像這樣令他心驚膽顫。

以前經歷那些場面，都是有心理準備的，可是眼下，走了那麼多級台階，都沒有遇到機關，冷不防到這裏來一下，幸虧他的潛意識反應很靈敏，若是換了別人，早已經被石頭砸死了。

台階約四尺寬，由幾塊大小不一的石塊拼成，從一到九塊不等。

「是河圖之數，」苗君儒叫道。

「果真是河圖之數，」王凱魂也看出來了，他說道：「河圖之數變化萬千，要想破解可沒有那麼容易，這比破解墓道裏的機關難多了！」

連王凱魂都說出這樣的話來，這台階看來是很難上了。

苗君儒由下自上數了台階，剛好是五十五級，是河圖十個數的總和。他說道：「總共有五十五級台階！」

「既然是河圖之數，肯定是五十五級，不用你數我早就知道，」王凱魂說道：「河圖用十個黑白圓點表示陰陽、五行、四象，其圖為四方形。在北方：一個白點在內，六個黑點在外，表示玄武星象，五行為水。東方：三個白點在內，八個黑點在外，表示青龍星象，五行為木。南方：二個黑點在內，七個白點在外，表示朱雀星象，五行為火。西方：四個黑點在內，九個白點在外，表示白虎星象，五行為金。中央：五個白點在內，十個黑點在外，表示時空奇點，五行為土。河圖之數還隱含萬物生存之數，即：天一生水，地六成之；地二生火，天七成之；天三生木，地八成之；地四生金，天九成之；天五生土，地十成之。所以一為水之生數，二為火之生數，三為木之生數，四為金之生數，五為土之生數。六為水之成數，七為火之成數，八為木之成數，九為金之成數，十為土之成數。萬物有生數，當生之時方能生；萬物有成數，能成之時方能成。」

劉白說道：「你說這麼多有什麼用呢，問題是我們怎麼上去呀！」

方才王凱魂是用右腳踏上第一級台階的，第一級台階共有四塊石頭，若從左數起，則應是第二塊石頭，四是陰數，加二得六，為極陰之數，所以上面有石頭落下來。再者，第二級台階為九塊，若照五行看，兩級台階為四九之數，屬金，代表西方，為白虎星象。

第三第四級台階分別是二、七塊石頭，是朱雀星象，五行為火。

河圖全數五行相生的順序，始東次南、次中、次西、北北，左旋一周而又始於東。由東始左旋，東到南為木生火，由南到中為火生土，由中到西為土生金，由西到北為金生水。

苗君儒望著王凱魂，見對方皺著眉頭望著台階，不時掐指計算。

過了好一會兒，王凱魂臉上漸漸露出笑容，說道：「河圖故極於十，而奇偶之位均，論其積實，然後見其偶贏而奇乏也。洛書主變，故極於九，而其位與實皆奇贏而奇偶乏也。必皆虛其中也，然後陰陽之數均於二十而偏耳！」

苗君儒和劉白面面相覷，不懂王凱魂說的是什麼意思。只見王凱魂邁出左腳，踏上了第一級台階的第一塊石頭。右腳踏上第二級台階的第八塊石頭。左腳接著踏上第三級台階的第二塊石頭，右腳則踏上第四級台階的第三塊石塊。

他一路走了上去，這一次，上面並沒有石塊掉下來。

苗君儒很快看出門道來了，就是從第一級台階的第一塊石塊算起，加上第二級台階的石塊數目，合為十，若不足十的，則合為五數，五、十乃中央之數，是生命所在。

「你們跟著我走，千萬不要踏錯了石塊！」苗君儒走了上去。其他的人跟在他的後面，小心地走著。

上去了之後，就聞到一股奇異的香味，大家朝四周看了看，也不知道香味是從哪個地方來的。一絲朦朧的光線，照得見遠近的景物，光線並不是王凱魂手裏的珠子發出的，好像來自頭頂。

在他們的正前方有一個大石台，石台上有一個很大的石盆，石盆的直徑超過四米，幾個人走上石台一看，見石盆內是一盆清水，水面上開著一株花。

香味正是由那株花散發出來的。

那花有點像睡蓮，幾片圓圓的綠色葉子浮在水面上。睡蓮的花也是浮在水面上的，但是這花卻像荷花一樣從水裏直立出來，在離水面約二十釐米的地方開花。那花朵與荷花完全不同，而與牡丹花極為相似，但花朵比牡丹花要大得多，顏色為紫紅色。花莖為紅色，卻長著黑色的小尖刺。

饒是苗君儒到過不少地方，見過不少奇花異草，也從未見過這樣的花。這個石台上放這個大石盆，石盆內長出這朵花，是什麼意思呢？他朝四周看了一下，只見那些人工雕琢過的牆壁上，並沒有圖案或者文字的雕刻，所以根本無從知道這盆裏的花有什麼含義。

「這是什麼花？」劉白情不自禁地問。

「你們不知道什麼花，我可知道，」王凱魂有些神秘兮兮地說道：「你們可別小看它，它可不是凡物……」

王凱魂的話還沒有說完，從黑暗的角落裏飛過來一道影子，那影子停在石盆的邊緣上。苗君儒看清那影子的樣子，頓時大驚。

第九章

不死還魂草

魯明磊望著那隻大龜頭，說道：
「千年烏龜世間罕有，牠起碼活了三千年以上，
那朵花是從牠的身體裏面長出來的，
凝聚牠體內的靈氣和精華，具有起死回生功效，
花一旦被摘走，牠也活不久了！」

停在石盆邊緣上的，是一隻很像鳥一樣的動物，那動物有著老鼠一樣的頭和身軀，卻有著鳥一樣的翅膀，牠朝大家咧開嘴，露出滿嘴的尖牙，「吱吱」地叫起來。

是一隻吸血蝙蝠，但是體格要比世界上最大的吸血蝙蝠要大出好幾倍，像這麼大的吸血蝙蝠，幾乎可以成精了。

「蝙蝠精！」劉白鷺叫道。

蝙蝠是群居動物，有一隻出現的地方，必有一群，如果一群吸血蝙蝠同時朝他們發起攻擊的話，他們幾個人縱然有天大的本事，也難逃一劫。

上個世紀末，英國的考古學權威丹尼克先生，帶著一隊科學考察隊，深入到雅典的一處溶洞中考古，結果遭遇到吸血蝙蝠，全隊十六個人無一生還，這是科學史上的悲劇。

最擔心的事情還是發生了，苗君儒聽到破空之聲，他朝發聲之處望去，見一大群個頭比這隻要小得多的吸血蝙蝠，黑壓壓地撲了過來。

劉白鷺叫著拔腿就跑，被王凱魂一把抓住，丟到石盆裏。

在這個空間內，任你跑多快，都快不過蝙蝠，一旦被牠們追上就玩完了，躲到水路是唯一的活路。生活在黑暗中的蝙蝠，視力是不行的，牠們靠嘴裏發出的超聲波，來追蹤熱源，定位撲捉活體動物的所在。這個原理早在上個世紀就被科學家發現了。

在王凱魂跳到石盆裏的時候，苗君儒已經把兩個孩子丟了下去，同時自己也跳了進去。

在緊急關頭，王凱魂並沒有首先救兩個孩子，而是劉白。苗君儒進一步確定了他們兩人之間的關係，看來他們兩人有很多事情在瞞著他。

他把頭沉到水裏，幾隻吸血蝙蝠撲到水面上後，又飛了起來。

石盆內的水有半米深，完全可以掩住他們的身體。把全身沉在水中的時候，可以不懼那些蝙蝠，偶爾浮出水面吸一口氣，馬上就要沉下去。但是這樣也不是辦法，總不能老是躲在水中。這樣下去，就算不被蝙蝠攻擊，餓也要餓死在這裏。

王凱魂在水下扯了扯苗君儒的腳，兩人會意，一同浮出水面。王凱魂大聲道：「要想辦法衝出去！」

苗君儒還未回答，那些蝙蝠已經衝了過來，他忙又沉入水中。就這樣他們兩個人趁著透氣的當兒，說上一兩句話。

就這樣，他倆總算商量出了一個逃走的辦法。方法很簡單，但卻極為危險。那就是需要一個人把那些吸血蝙蝠引開，讓其他的人趁機逃走。

王凱魂已經看到石台的右邊有一個通道，應該就是繼續往前去的，只要進入通道後把門關上，吸血蝙蝠進不去，幾個命就算撿回來了。

苗君儒願意捨命引開吸血蝙蝠，他要王凱魂抱著兩個孩子一起走，王凱魂答應了。但是這個空間並不大，就算他把吸血蝙蝠引到一旁，最多給他們四個人爭取十秒鐘的時間。

十秒鐘的時間並不短，也不長，眨幾下眼睛就過去了。還有就是難保那些吸血蝙蝠會不會分成兩批進攻他們。

所以這個方法不一定能夠行得通。

不管怎麼樣，苗君儒都要去搏一把，這是唯一救大家的方法。他從身上摸出那個外國友人送給他的防水打火機，遞給王凱魂，並教了對方使用打火機的方法。在緊急的時候打燃，可以暫緩一下吸血蝙蝠的攻勢。黑暗中的動物往往懼怕火光，雖然他想過用火來對付吸血蝙蝠，可是打火機的火光太弱，是根本不管用的。

他的手往盆底一按，想借力跳出去，孰料一按之下，感覺身底動了起來。剛躲到石盆裏來的時候，他就已經觸到盆底不是平的，中間好像墊了一塊圓圓的石頭，石頭的表面好像並不平整，有一小塊一小塊的凸起。

動的正是大家身下的那塊大石頭，幾個人都感覺到那塊大石頭在水底轉動了起來，只是速度並不快。

苗君儒可管不了那麼多，他已經跳了出去，那一團黑影已經朝他撲了過來，他聽到了一陣毛骨悚然的聲音，像是尖利的牙齒在啃噬著骨頭。他知道那是吸血蝙蝠的上下牙齒摩擦所發出的。

擒賊先擒王，在跳出石盆的時候，他的眼睛搜尋那隻最大的吸血蝙蝠，如果先把那隻吸血蝙蝠打死，其餘的應該就好對付得多了。

但是他並沒有看到那隻蝙蝠，記得他們跳到石盆中的時候，那隻蝙蝠是蹲在石盆邊緣上的，他們浮出水面透氣的時候，就沒有看到了，也不知道躲到什麼地方去了。他有些後悔在見到那隻大吸血蝙蝠的時候，沒有當機立斷地把牠殺死。

他落到地上後，以最快的速度向前面跑去。他必須要躲到石壁下，正面對付那些吸血蝙蝠。

他眼角的餘光看到石盆內的王凱魂已經從水裏竄了起來，但是手上並沒有抱著那兩個孩子，而是拿著那支剛採下來的花。

王凱魂的身體還沒有落到石台上，突然從石盆裏冒出一個黑乎乎的頭來，那頭與蛇頭有幾分相似，但要圓得多。

是龜頭！

苗君儒猛地想起石盆底部那圓圓的大石頭，也許是一隻千年大烏龜。

那龜頭朝著王凱魂噴出了一道水劍，王凱魂似乎早有防備，跳到石台上後立即向前一滾，避過了那道水劍。

劉白也跳出了石盆，跟著王凱魂向前逃去。

那男童的雙手攀在石盆的邊上，朝苗君儒大聲叫著：「叔叔！」

一股怒火湧上苗君儒的頭頂，那種被人欺騙的感覺，是任何人都無法忍受的。王凱魂要他引開吸血蝙蝠，自己卻趁機拿走了石盆中的那朵花。

只有王凱魂知道那究竟是一朵什麼花，可是他並沒有對大家說。也許他想拿了花先逃走，等苗君儒被吸血蝙蝠殺死後，再來拿走那根定海神針。

善良的人往往容易上當。

苗君儒揮舞著手杖，拚命撲打著那些吸血蝙蝠，並向王凱魂追了過去。他絕不會讓王凱魂這麼輕易地溜走，要死的話，大家死在一起。

可惜他的身形終究慢了一步，王凱魂已經和劉白躲進了石門內，並把石門給關上了。

苗君儒有些絕望了，有幾隻吸血蝙蝠趴在他的背上，咬破了他的外衣。一旦這些吸血蝙蝠咬破他的皮膚吸血，蝙蝠身上攜帶的病毒進入他的體內，他會很快昏迷過去。

當下，他只有重新躲到石盆裏，再另外想辦法。

只要定海神針在他的手上，王凱魂是絕對會回來的。

他跳到石盆裏，將全身沉到水裏。一碰到水，伏在他背上的蝙蝠立即飛了起來，隱到黑暗中去了。

在水裏憋了一會兒，苗君儒把頭探出水面。他跳到盆裏的時候，好像聽到一陣石門開啟的聲音，那聲音並不是來自石台的右邊，而是左邊。

他看到了兩個手持火把的人，從石台左邊的一道門內走出來，走在前面的，是他在北平見過的梅國龍，另一個，則是水神幫的魯明磊，魯明磊斜背著一個黃色的布包，不知道裏面裝著什麼東西。

這兩個不相干的人怎麼會走到一起來了？聽劉白說，梅國龍不是被困在密道的機關裏了嗎？怎麼會出現在這裏？

苗君儒從水裏探出頭來，把梅國龍嚇了一跳，當他看清是苗君儒時，驚道：「苗教授，你怎麼會在這裏？」

有了那兩支火把，可以不懼那些吸血蝙蝠，梅國龍來得實在太及時了。苗君儒從水裏起身，走下石台，聲音有些哽咽起來：「梅科長，一言難盡呀！」

那兩個孩子也從石盆裏爬出來，男童離開石台的時候，還用手摸了摸那隻大龜頭。

魯明磊問道：「蟄神呢？」

苗君儒朝石台的右邊指了指，說道：「他們兩個剛剛離開！」

「他們是不是拿走了定海神針？」梅國龍問。

「我手上的就是定海神針，」苗君儒把手杖晃了晃，說道：「王凱魂摘走了石盆裏的那朵花！」

魯明磊看了那石盆一眼，問道：「那花是什麼樣的？」

苗君儒把那花的樣子說了一遍，三個人來到石盆邊，見原本浮在水面上那碧綠的葉子，已經枯萎了。那隻大龜頭靠在石盆的邊緣，兩眼暗淡，半睇半睜著。

「千年靈龜！」魯明磊驚叫道：「蟄神摘走的，是不死還魂草！」

「什麼？不死還魂草？」苗君儒驚道：「這世上還真有這種草嗎？」

魯明磊說道：「你能夠拿得到定海神針，難道還不相信這世上有不死還魂草嗎？」

進入這個空間後，苗君儒所見到的，都是史前動物和植物。那是有一定科學根據的，證明那些動植物曾經在地球上生活過，而不死還魂草，只是神話傳說而已。

魯明磊望著那隻大龜頭，說道：「千年烏龜已經是世間罕有，而牠最起碼活了三千年以上，那朵花是從牠的身體裏面長出來的，凝聚了牠體內所有的靈氣和精華，具有起死回生的神奇功效，花一旦被摘走，牠也活不久了！」

「起死回生只是對死人而言，王凱魂是活人，他為什麼要摘走那朵花？」苗君儒問道。

魯明磊說道：「他並不是活人，而是一個活死人，其實他早就已經死在明孝陵裏了！他是不能夠見陽光的，只能晚上活動，直到他變成蟄神……」

苗君儒大驚，魯明磊後面說了什麼話，他聽不下去了，想不到他竟然陪在一個活死人身邊這麼久，還不知道是怎麼回事。

王凱魂早就已經死在明孝陵裏了，肯定是神貓李把他救出來的，他之所以沒有變成屍體，肯定是有原因的。從那以後，兩個人沒有再聯繫。

可是他們兩個人為什麼不聯繫呢？

梅國龍見苗君儒陷入沉思之中，忙問道：「苗教授，您在想什麼？」

「我總覺得王凱魂和神貓李之間，這麼多年，不可能沒有聯繫，」苗君儒說道。

魯明磊朝苗君儒打了個稽首，說道：「他們兩人本來是師兄弟，二十多年前，神貓李托人把蟄神送回來，而他本人卻從此沒有了音訊。」

苗君儒問：「難道你們不知道他們去做了什麼事嗎？」

魯明磊說道：「他們兩個人做過什麼事情，外人是不知道的，不過我聽說他們一直在尋找黃帝玉璧。」

苗君儒略有所思地想了想，問梅國龍：「你們兩個人又是怎麼在一起的？」

「都是由於你，」梅國龍微笑著把事情說了。

原來梅國龍第二天去學校找苗君儒，得到苗君儒早已經離開的消息，他趕到重慶後，並沒有找到苗君儒，無奈之下，只得按神貓李給的地圖，尋找那條古老的密道。當他孤身一人在神女峰上找到那條密道入口，進到裏面的時候，劉白也帶人進來了。劉白帶的人裏面，有不少爆破專家，他們幾乎是強行用炸藥炸開機關，雖然是這樣，也死了不下八百人。當下到最下邊一層的時候，他被一個奇怪的石頭陣困住，進退不得，劉白卻帶著所剩不多的幾個人，在另一邊找到出口。也不知道過了多長時間，魯明磊也被困進了石頭陣，於是兩人走到了一起。兩人用了很多方法，都走不出石頭陣，後來不知道怎麼碰到一個機關，石壁上開了一扇石門，兩人就走進來了。

聽完梅國龍的話後，苗君儒並不說話，但是他的大腦裏已經產生了疑問。第一，梅國龍一個人憑那張地圖，就敢闖進遠古密道，一個不懂破解密道機關的人，絕對不可能那麼做；第二，劉白帶那麼多人進密道，顯然是有備而來的，在見到梅國龍後為什麼不殺掉他，而讓他一起同行，最後看著他困入石陣，也不去救，這其中不知是什麼原因；第三，梅國龍和劉白能夠找到密道的入口，是有神貓李的幫助，魯明磊只是水神幫的一個分堂堂主，他又是怎麼知道密道入口的？為什麼要孤身潛入？卻又很湊巧地和梅國龍困在了一起。

有些問題根本經不起推敲，越推敲越覺得有太多的漏洞。

梅國龍從苗君儒的眼神中看出了不信任，他從口袋中拿出一張照片，遞了過去。苗君儒接過照片，見照片中有兩個人，其中一個是梅國龍，另一個男人穿著軍服的，那男人有著一張剛毅的臉，眼中充滿著正義和威嚴。

「他叫蕭剛，曾經是總統府的侍衛，」梅國龍說道：「一年前，寧漢分裂的時候，他失蹤了。」

同是蕭剛，在楊不修的口中是生意人，而在梅國龍的口中，則是總統府的侍衛。

「他和你是什麼關係？」苗君儒問。他已經猜到梅國龍也不是普通人，絕對不是什麼警察局的科長。

「難道你看不出來我們是什麼關係嗎？」梅國龍微笑道：「他比我要大好幾

歲，我是民國九年參加革命的。」

「你的意思是，他失蹤了一年多？」苗君儒問。

「是的，」梅國龍說道：「我一直在找他，可都沒有他的消息。你是不是想知道劉白為什麼不殺我的原因？」

苗君儒點點頭。

梅國龍說道：「我也很想知道，在密道裏碰上他們後，我以為他會殺了我，可是他沒有，我問過他為什麼不趁機殺了我，他沒有回答。」

也許梅國龍說了謊，也許劉白知道了他的底細，不想殺他，也許還有別的原因。

苗君儒沒有再說什麼，從一開始，他就對梅國龍心懷戒備。這件事越來越讓他糊塗了，不管怎麼樣，那塊黃帝玉璧，是絕對不能落在野心者的手裏。

他望了一眼魯明磊，這個穿著道袍的老頭子，也絕對小瞧不得。他見魯明磊正用手摸著那兩個孩子的頭，一副很愛憐的樣子。

梅國龍說道：「我和他真的是偶然見到的，我不知道他怎麼會來到密道裏面。」

「這裏有吸血蝙蝠，我們先想辦法離開，」苗君儒看到他們兩人手上的火把，已經燃燒得差不多了，遠處那些吸血蝙蝠也蠢蠢欲動起來，有幾隻試探著從頭頂上方飛過。

石台兩邊出去和進來的石門都已經緊閉上了，他們試了幾次，都沒有辦法打得開。

梅國龍說道：「這密道內連著很多通道，就像迷宮！」

那兩個孩子站在石盆邊，看著那隻大烏龜慢慢地閉上了眼睛。魯明磊有些怔怔地看著石台，過了一會兒，他走過去，用手抓住石盆的邊緣，左右用了一下力，見石盆紋絲不動，便朝苗君儒和梅國龍招手道：「過來幫個忙，我們一起用力往左轉動！」

苗君儒和梅國龍上前，和魯明磊一起，將石盆往左邊轉。在三個人的用力下，石盆緩緩轉動了。

石台後面的牆壁也緩緩開啟了一扇門，還從裏面透出光來。

「走！」魯明磊牽著那兩個孩子的手，向石門內走去。苗君儒和梅國龍緊隨其後。

石盆開始往回轉動，石門也漸漸闔上了。

苗君儒鬆了一口氣，總算擺脫了吸血蝙蝠的陰影。

這又是一間比較大的石室，光線很柔和。和原來的那些地方一樣，都找不到光線的來源。這樣的一個巨大工程，真不知道古人是怎麼完成的，通風和光源都處理得很好，而且地上沒有積水，該有水的地方，水也不乾涸。

他們正對面的石牆是乳白色的，上面雕刻著一副巨大的圖像。

圖像的上半部是兩個相對的人，可以明顯看出是一男一女，他們的下身，則像蛇一樣纏繞在一起。

「伏羲女媧交尾圖，」苗君儒說道。作為考古學者，他見過各種各樣的這類圖案。

十年前，他和潘老師在陝西咸陽附近，挖開了一座先秦時代的墓葬，在裏面發現一塊畫像石，石上的伏羲女媧像，將伏羲畫成鱗身，將女媧畫成蛇軀，成相對狀。那是他們發現的唯一與傳說有點出入的圖案，而且是歷史最早的一塊。此前，他們也發現有的漢畫石上的伏羲和女媧分別手捧著太陽和月亮，意為伏羲是太陽神，是陽精；女媧是月亮神，是陰精；取義陽光雨露滋育著萬物生長。至於漢朝以後的那些圖案，無論是石刻、壁畫還是物件上的，雖然形狀各異，但無疑都是人首蛇身，多做交尾狀。

在中國古代傳說中，伏羲和女媧是兄妹關係，天降洪水，兄妹倆爬進一個大葫蘆裏，躲過了劫難，然後兄妹結婚，繁衍了人類。在唐末李元的《獨異志》中記載最詳：「昔宇宙初開之時，只有媧兄妹二人在崑崙山，咒曰：『天若遣我兄妹二人為夫妻，而煙悉合，若不，使煙散。』於煙即合。其妹即來就兄。」

在上古時代，並不是只有伏羲與女媧兩人被描繪成蛇形，除他們之外，還有黃帝、西王母等人都是以蛇形出現在人們的面前。據統計，《山海經》中所記載的四百五十四個人物中與蛇形有關的人物就達到一百三十八個。可見，用蛇形來描述先祖是上古時期的一種比較常見的崇拜方式。

苗君儒也想解開為什麼古代人要將這些人畫成人首蛇身的原因，他曾經翻閱大量的古籍資料，對伏羲與女媧「人首蛇身」的形象進行了探究。最終，他將古籍中零散的記載串連起來，發現了「人首蛇身」的來龍去脈。

從古代的記載來看，伏羲姓風。關於「風」字，在《說文》中有「風動蟲生」的解說，在甲骨文的卜辭中，「蟲」和「巳」為同一個字，而「巳」就是蛇，《山海經・海外南經》中有「蟲為蛇」之說。由此可見，風與蛇之間有著非常密切的關係。

從姓氏的起源來看，上古時期人們的姓氏大多與部落的圖騰有關係，有些姓氏就直接來自於部落圖騰。由此看來，伏羲的「人首蛇身」形象就是從風姓部落的圖騰「蛇」演化而來。那麼，在遠古時期，古成紀地區真有一支崇拜蛇，以「蛇」為圖騰的部落在繁衍生息嗎？

但是潘教授對他的這種解釋卻不認可，潘教授說：在遠古時代，確實存在人首蛇身的人，這種人與常人不同，具有很高的智商，力氣也很大，更神奇的是，這種人具有一種常人無法相比的「超能力」。

潘教授沒有進一步講解那種所謂的「超能力」，到底「超」到了什麼程度，苗君儒也沒有把潘教授的話當真，考古歷史講究的是要真憑實據，但是潘教授的很多言論，都顯得很空洞，拿不出有力的證明，好像在憑一些古代物件或者壁畫上圖案進行「遐想」。

為什麼要將這些人畫成人首蛇身，這也許是一個永久的謎團。

望著乳白色石壁上的圖案，這幅伏羲女媧交尾圖，是至今為止最古老的。他走上前，手摸著圖案中的線條，認出這一大塊乳白色的石頭，並不是普通的石頭，是玉石，玉質溫潤，玉色純正，是上等的羊脂玉。

這塊羊脂玉的長寬都超過四米，厚度還不知道是多少，如此大塊的羊脂玉，乃舉世未見。

圖案中的雕刻手法，與盤魚女墓室中的雕刻手法類似，但在線條的處理上，要精煉得多，年代也應該要近一些。

除了這塊羊脂玉上的雕刻外，其他兩邊的牆壁上，並沒有別的雕刻圖案，連簡單的象形文字都沒有。要想憑玉石上的雕刻手法來判斷準確的年代，那是不可能的。

如果說盤魚女墓室中的雕刻，是出於大禹時代的話，那這塊玉石上的雕刻手法，應該出自夏朝。這麼推算下來，神女峰下的這些密道，如此大的工程，前前後後最起碼修建了幾十上百年，甚至數百年才對。

想到這裏，苗君儒不禁倒吸一口涼氣，遠古的人類為什麼要修建如此大的地下工程？其目的究竟是什麼呢？

「好一塊羊脂玉呀！」魯明磊感歎地說，「這可是無價之寶！」

「我們要怎麼樣才能出去呢？」梅國龍問道，他剛才在室內轉了一圈，並沒有找到機關。

魯明磊說道：「如果我沒有猜錯的話，這裏應該是側庭！」

「你說什麼，這裏是側庭？」苗君儒問道。

在盜墓者的專用術語裏，側庭指的是大墓葬中旁邊的墓室，一般擺放墓主生前用過的器皿和一些陪葬物品。

既然是側室，為什麼沒有一件陪葬物品呢？

魯明磊說道：「這裏已經有人進來過，把裏面的東西搬空了。」

苗君儒問：「那會是什麼人？」

「高人，」魯明磊只說了兩個字。

自古以來尋找定海神針的人有很多，進入密道的人也不少，能夠進到這裏的，肯定是高人，高人看到裏面的東西很值錢，便叫人把東西全搬了出去。

可是高人又是從什麼地方進來的呢？

魯明磊踮起腳尖，在伏羲的左眼上按了一下，只見這塊羊脂玉無聲地退了進去，露出一左一右兩條通道來。

想不到魯明磊一眼就看出了機關所在，對這地方就像對他的家一樣熟悉，既然是這樣，他為什麼會被困入石陣呢？

通道開啟後，從裏面吹出來一陣風，苗君儒聞到一股墳墓內的腐臭，他對這味道很熟悉。見魯明磊舉著火把朝左邊的通道走了進去，便跟了進去。

通道很短，走進去後，進入一個空間。奇怪的是，這個空間並沒有光線，也不知道有多大。苗君儒跟在魯明磊的身後，看到腳邊有幾具殘缺的屍骸。他們停了下來，就站在台階上，在火把的光線下，所看到的是一具具層層疊疊的屍骸，不下一千具，另外還有前面看不到的地方，肯定也全都是屍骸。

古代的人殉墓葬，苗君儒也挖掘過，一般都是幾十上百人，數百人的墓葬也有，但極少。上千人殉的墓葬，至今還沒有發現過。如此多人殉的墓葬，乃前所未聞。

那兩個小孩嚇得躲在苗君儒的身後，不敢亂動了。

苗君儒蹲了下來，仔細看著旁邊的骸骨，這些骸骨早已經風化，但還保留著原來的樣子，骸骨身上穿的衣物也已經風化，不過由於這裏的環境特殊，還可以辨出是一種製作粗糙的粗麻布，穿這種粗麻布的人，至少生活在三四千年前。

很多屍骸身上並沒有粗麻布，有的只在下身圍了一片。可以看出，這些人生前都是奴隸。幾乎沒有一具骸骨是完整的，大多數骸骨都是屍首分離，有的從腰間分開，有的手腳不全。這些奴隸都是被虐殺後丟在這裏，用來做了人殉。從人體骨頭的結構上看，男女都有。

他用手輕輕碰了一下一具骸骨的頭骨，那頭骨立刻化成了一堆黑色的粉末，緊接著，那具骸骨頭骨以下的部位，也化成了粉末。

這種現象如同多米諾骨牌一樣，起了連鎖反應，向前面蔓延開去，沒多久，他所見到的這些骸骨，全都化成了粉末。

地面上積了厚厚的一層黑色粉末。

魯明磊說道：「走吧，這些都是死了幾千年的人，沒有什麼好看的，人死化為塵土是天經地義的。」

他走下台階，踩在那些黑色的塵土中，每走一步都帶起一些灰塵。

苗君儒看著魯明磊的腳步，一個六七十歲的老人，腳步還那麼穩健。他朝身邊的兩個孩子說道：「走！」

從這頭走到那頭，他們走的速度並不慢，但也用了十幾分鐘，粗略算一下，這裏面的人殉，不少於一萬人。用如此多的人來殉葬，墓主的殘忍可見一斑。

魯明磊停住腳步，有些呆呆地望著前面。

苗君儒順著魯明磊的目光望去，只見前面有幾級台階，台階之上有一張很大的石椅，石椅上面坐著一個人。

準確地說，不是一個人，而是半個人，那個人的上半段身子已經不見了，只剩下一半，雖然已經變成了骸骨，但是身上的衣物未曾風化，看得清是清朝的灰布短襟。

一個清朝的人，怎麼會出現在這裏呢？

魯明磊一步步地走上前，從那骸骨的左手上，取下一枚血紅色的玉扳指，喃喃道：「都以為你死在塞外的古城，誰知道竟是在這裏。」

苗君儒問道：「他是誰？」

魯明磊說道：「他是我們水神幫的前輩長老之一，名叫王驚天，是蟄神的祖父！」

「哦，」苗君儒微微一驚，水神幫的人對這個遠古密道這麼熟悉，原來有歷代長老在不斷的探索，一層一層的破解裏面的機關。

魯明磊說道：「歷年來，水神幫所擁有的《洛書神篇》，分別給四個長老掌管，他們各自研究書中的玄機，咸豐年間，本幫長老王驚天突然失蹤，失蹤前給家人留下一封信，說是去塞外尋找玄幽古城，他這一去，就再也沒有回來，如果不是這枚血色玉扳指，我也認不出是他來。」

苗君儒說道：「我知道王凱魂手中的《洛書神篇》殘缺不全，你剛才說水神幫的《洛書神篇》，分別給四個長老掌管，而他們又各自研究，依你的意思，如果把這四個人手中的《洛書神篇》集中起來，那麼下卷《洛書神篇》就齊全了？」

魯明磊說道：「不錯！」

苗君儒明白過來，神貓李也是長老之一，手上也有《洛書神篇》，難怪他也懂奇門遁甲和盜墓之術。他根本不需要偷看王凱魂手裏的《洛書神篇》。

他問道：「你說水神幫有四個長老，除了王凱魂、神貓李外，還有誰？田掌櫃是什麼人呢？」

魯明磊說道：「就算我對你說了，你也不知道他們是誰，至於田掌櫃是什麼人，我也不太清楚。水神幫各種人都有，除非認識的，否則誰也不知道誰。我自幼入幫，都幾十年了，只見過他們四個人兩次，那都是二十多年前的事了。我二十多歲的時候出家當了道士，可是不管怎麼樣，我都是水神幫的人。」

他把那血色玉扳指戴在手上，左右轉動了一下，正合適。

聽魯明磊這麼說，苗君儒的心裏不安起來，我被迫加入水神幫，若是這麼說的話，這一輩子，都是幫裏的人了。他看著魯明磊那得意的神態，覺得有些意外，區區一個分堂的堂主，竟然對死去的長老不敬，不僅如此，還從死人的身上拿走東西。

越是神秘的幫派，內部的規矩越加深嚴，魯明磊有什麼膽量敢那麼做？

不用苗君儒說話，梅國龍已經開口了，叫道：「你的身分只是一個堂主，怎麼可以對死去的長老這般無禮？血色玉扳指是長老的信物，你沒有資格戴。」

魯明磊聽到這話後，臉色大變，「你到底是什麼人，怎麼知道我的身分，又怎麼知道血色玉扳指是長老的信物？」

「苗教授也想知道我究竟是什麼身分，」梅國龍說道：「不到一定的時候，我是不會對你們說的，也許到時候你們就知道了。」

「知道水神幫這麼多秘密的人，想必也不是外人，」魯明磊說道：「你應該知道我為什麼這麼對他沒有規矩。」

「仇恨！」梅國龍只說了兩個字，「也許當年的那件事情另有原因，王驚天死在這裏，就是一個很好的證明。他也是被人殺的，殺他的人也對他恨之入骨，所以下手才那麼狠，難道你看不出來嗎？那年一同失蹤的人不止他一個，還有你的祖父魯源，他是風水堪輿六大派之無常派著名宗師章仲山的關門弟子。」

「你究竟是什麼人？」魯明磊大驚。

「我說過，現在還不到時候，」梅國龍說道：「現在，我只有一個目的，就是找到那塊黃帝玉璧。」

當年水神幫內到底發生了什麼事情，魯明磊為什麼要恨王驚天？苗君儒聽著兩個人的對話，心中的疑問越來越多。

「如果王凱魂知道他的祖父被人殺死在這裏，他會怎麼想呢？你想和他鬥的話，得先考慮你自己的斤兩，以他在幫內的勢力和他蟄神的身分，你怎麼鬥得過他？」

魯明磊一腳把石椅上的骸骨踢落在地下，恨恨道：「我可不學他，利用他研製的毒藥來控制幫內的人。」

苗君儒也喝了王凱魂的藥，所以他也被王凱魂控制了。

「我們在這裏爭也沒有用，得想辦法出去，」梅國龍說道。

魯明磊冷笑道：「有我在，你還怕出不去？我們從這裏穿過明堂和正室，那邊還有一條密道，直通山腰的入口。」

梅國龍問：「既然你對這裏面的密道這麼熟悉，為什麼不直接走這條路，而要跟在我們的後面？」

魯明磊笑道：「我那麼做，當然有我的原因。」

梅國龍說道：「原來你是故意陷進石陣，目的只想和我在一起，難怪你問我地圖的來歷，如果我沒有猜錯的話，我在尋找密道入口的時候，在山腳遇到的那兩個樵夫，應該是你的人。」

魯明磊說道：「水神幫的人，幾百年來，一直嚴守著神女峰的秘密，外人是無法進入的，我本來可以命人殺了你，可是我覺得你與別人不同！」

梅國龍問：「我哪點與別人不同？」

魯明磊說道：「雖說遠古密道的入口是在神女的雙乳之間，但是上山的路卻有數十條之多，水神幫在其他的路上設了重重機關，死在這些機關下的外人不下數百，他們都是尋找遠古密道的。只有一條路，我留了兩個人看守，那條路是我們水神幫的不傳之密，若無水神幫內重要人物的指引，是不可能走那條路上去的，所以那時我就懷疑你與水神幫有牽連。」

「原來是這樣，」梅國龍說道：「我拿著神貓李給我的地圖，當然走那條路了。」

苗君儒想起梅國龍曾經給神貓李半塊袁大頭，神貓李才畫下了密道的地圖，算是還給半塊袁大頭的主人一份救命之情。

那半塊袁大頭的主人究竟是誰呢？梅國龍和那人究竟是什麼關係？

魯明磊歎了一聲，說道：「我們先想辦法出去！」

他從椅子上站起來，剛走幾步，就看到一邊的牆角倒著一具屍骸，這具屍骸側臥著，倒還是一具全屍，屍體早已經腐爛，只剩下骸骨，身上穿的衣服也腐爛不堪，但還可以辨得清楚。從衣物上看，應該與王驚天是同時代的人，或許是王驚天帶進來的人，一同死在這裏。

但是王驚天腳上穿的是灰布鞋，而這個人腳上穿的是薄底牛皮官靴。

在清朝，能夠穿這種薄底牛皮官靴的，都是吃官家飯的人，普通人就算有錢買得起，也沒有資格穿。

魯明磊突然跪了下來，哽咽著叫了一聲：「爺爺！」

梅國龍明明說魯明磊的祖父只是一個風水先生，可是一個風水先生，怎麼會穿著官靴呢？

「水神幫的人大都有一個公開身分，想當年，魯捕頭的名氣在黑白兩道也是叫得很響的！」梅國龍似乎明白苗君儒想要問什麼，倒先把答案給說出來了。

水神幫的人都有一個公開的身分。聽到這話，苗君儒愣了一下，梅國龍說這句話，一定是有所含義的，也許是故意說給他聽的。

魯明磊將身上的衣服脫下，將骸骨收拾了起來。

苗君儒上前問道：「單憑骸骨身上的衣物，你怎麼就能確認是你祖父呢？」

「他祖父號稱九指神捕，剛才那具骸骨的右手，確實少了一截指頭，」梅國龍說道。

魯明磊怒道：「你還知道多少，一併兒說出來吧！」

「魯堂主，」梅國龍說道：「你不覺得他們兩人死在同一個地方，事有蹊蹺嗎？」

苗君儒看著他們兩人一問一答，說道：「梅科長，我也真是小瞧你了！」

「什麼，他姓梅？」魯明磊大驚，有些不相信地望著梅國龍。

「不錯，」苗君儒說道，「難道你已經知道他是什麼人了？」

魯明磊微微點頭，說道：「好，很好！」

在幾步開外的地方，又發現了兩具骸骨，這兩具骸骨的身上，各有刀傷，均穿胸而過，一刀斃命。

當年在這裏，肯定發生過殊死搏鬥。同是水神幫的人，有什麼深仇大恨呢？為什麼要在這裏以命相搏？

第十章

禹王陵墓

「這個墓神有數千年的修行，比千年殭屍要厲害得多。」
梅國龍說道：「魯堂主，修道幾十年，道行也不淺，
一開始就使出破血大法，會使這招道法的人並不多。」
苗君儒沒聽過破血大法，但他知道道家的典辭裏，
舌尖乃人之精髓所在，代表著畢生的修行。
用畢生修行的精髓之血施在法術之上，
其法術的威力可想而知。

搜神異寶錄

魯明磊提著他祖父的骸骨，也不看梅國龍一眼，逕自往前走，走到一處洞壁前，伸手往牆上一按，「轟隆」一聲，一塊與岩石相似的洞壁緩緩開啟，他走了進去。

苗君儒跟著走了進去，見石門後邊的兩側立著兩隻高約三米的巨獸。這巨獸的樣子很古怪，牛一樣的頭和身體，頭上頂著一支獨角，有著四條獅子腿，通體黑色，樣子很兇猛。

在古代傳說中，有這麼一種怪獸，叫夔，傳說東海上有一座「流破山」，夔就居住在此山之上。夔的身體和頭像牛，但是沒有角，而且只有一條腿，渾身青黑色。據說夔放出如同日月般的光芒和雷鳴般的叫聲，只要牠出入水中，必定會引起暴風。在黃帝和蚩尤的戰爭中，黃帝捕獲了夔，用牠的皮製作軍鼓，用牠的骨頭作為鼓槌，結果擊打這面鼓的聲響能夠傳遍方圓五百里，使黃帝軍士氣大振、蚩尤軍大駭。在夔皮鼓的作用下，黃帝最終戰勝了蚩尤。

傳說中的夔，及閘邊的這兩隻石雕怪獸，有相同之處，但頭頂的角和四隻腳不同，饒是苗君儒自忖考古知識淵博，也弄不懂是什麼動物。

離他們面前不遠的地方，有一張兩尺高的石台，石台有幾根大木頭搭成的架子，上面就放著一面大鼓。那鼓與現代的鼓有些不同，不是圓的，而是四四方方的。旁邊還有四個一米多高的石人像，那四個石人的姿態各異，但舉手投足都做擊鼓狀。

戰國時期的鼓，很多都是四方形的，在如今西南地區的少數民族，還有四方鼓的存在，那都是從古代流傳下來的。

苗君儒朝那面大鼓走了過去，還沒有走近前，不小心踢到一根棍子，棍子的一頭碰到那架著大鼓的木架子，眼看著那鼓在他的面前垮塌下來，變成了飛灰，那張鼓皮緩緩落到他的腳邊。

他彎腰把那張鼓皮撿了起來，見鼓皮的表面有一層鱗片，皮很厚實堅韌，隔了這麼多年，還能聞到一股很腥的臭味。

有鱗片的動物絕不可能是陸地上的，從味道上看，這張皮應該取自海裏的動物，而並非江河裏的。

莫非真的是夔皮？或是其他的遠古海裏動物？

苗君儒拿著那張皮，朝四周看了一下，見石室內空間並不大，左右兩邊各擺放著一些奇形怪狀的猛獸石雕，還有很多陶器和金屬的器皿，中間一個一米多高的大石台，由下至上有九級台階，石台上還有一張長方形的大石桌，桌上擺著一個大方鼎。那方鼎長約一米二，高約一米，寬約八十釐米。四隻鼎足，足高約五十釐米，上方有兩耳，鼎的外邊泛著一層綠色，那是青銅器氧化後形成的銅綠。

鼎本來是古代的烹飪之器，相當於現在的鍋，用以燉煮和盛放魚肉。《說文解字》裏說：「鼎，三足兩耳，和五味之寶器也。」有三足圓鼎，也有四足方鼎。最早的鼎是黏土燒製的陶鼎，後來又有了用青銅鑄造的銅鼎。傳說夏禹曾收九牧之金鑄九鼎於荊山之下，以象徵九州，並在上面鐫刻魑魅魍魎的圖形，讓人們警惕，防止被其傷害。自從有了禹鑄九鼎的傳說，鼎就從一般的炊器而發展為傳國重器。

鼎被視為傳國重器、國家和權力的象徵，又是旌功記績的禮器。周代的國君或王公大臣在重大慶典或接受賞賜時都要鑄鼎，以記載盛況。

苗君儒走上大石台，站在石桌前，仔細看著這鼎，圍著鼎走了一圈，見鼎身四面各有一些動物的形狀，或立或坐，或在雲中漂浮，或在水裏翻騰，形狀神色各異，周邊皆有雲狀雲雷飾紋。在細密的雲雷紋之上，各部分主紋飾各具形態。

鼎身四面交接處，則飾以扉稜，扉稜之上為獅首，下為饕餮，上下相對。鼎耳外廓有兩條龍，二龍呈飛翔狀，旁邊及耳側以雲紋為飾，使那兩條龍如同在雲中翱翔。四隻鼎足的紋飾也匠心獨具，在三道雲紋之上各施以獸面。

這樣的一個鼎，被擺放在這裏，代表什麼意思呢？

他剛才圍著鼎轉圈的時候，已經看到大石台的另一邊，也有一個與鼓架石台大小相同的小石台，那上面應該是放鐘的，但在商朝之前，歷史上還未有鐘，但至少是一些能夠發出聲音的樂器。

這個鼎上並沒有發現銘文，否則倒可以追究出與之相關的歷史來。

石桌加上大方鼎，高度超過了兩米，苗君儒無法看見大方鼎裏面放了什麼東西，他正要爬上石桌，卻聽魯明磊低聲叱道：「你居然敢在明堂裏亂來，當心驚醒了墓神！」

這裏就是魯明磊所說的明堂，按照盜墓人的說法，明堂是護墓神居住的地方，是在墓主入葬之前擺放祭品請神和供神的，在奴隸社會，一般都是生祭。生祭就是用活人祭祀，把人押進來，在祭台上當場殺死，讓鮮血流滿祭台，將人頭放在供桌上祭祀。

但是這張石桌上並沒有人頭的骸骨，石台的周邊也沒有發現一具骸骨。

魯明磊不知道從哪裏拿出了三支香，在火把上點燃，朝四周拜了拜，口中也不知道說些什麼，最後把香恭恭敬敬地插到腳邊的石縫裏。

盜墓這行有一句祖訓：明堂之墓不可入。

盜墓人在進入墓室後，一旦發現墓室內有明堂，大多數人會選擇退卻，為了不破壞盜墓的規矩，只抓一把墓土或者隨便拿走一件小物件，那麼做是不想把命丟在這裏。

連墓室裏的東西都不敢動，更別說動明堂裏的東西了。前面側室裏的東西已經被搬空，但是這裏的東西卻一件也不敢動。

明堂內沒來由地突然起了一陣風，吹得魯明磊和梅國龍手上的火把「呼呼」直響，大家聽到一陣沉重的喘息聲，好像有人剛剛睡醒了過來。苗君儒也頓時感到一陣莫名其妙的毛骨悚然，脊背上一陣陰涼，好像有什麼東西站在他的身後。他手上的定海神針出現一抹白色的光芒，將他照在光芒之中。

「咻」地一聲，他感到有什麼東西離開了他的身後。

魯明磊衝上台階，抓著苗君儒的手，將他扯了下來，而後往四面八方作揖，口中念念有詞，念完之後，神色有些詭異地說道：「快走快走，你剛才已經犯了大忌，若是換了別人，早已經被墓神捉了去，你手裏的定海神針是神物，墓神不敢傷你。」

幾個人慌忙往前走，如果再往前就是主墓室了。魯明磊又點了香，這回不是三支，而是九支。他一手拿著火把，一手捏著香。他邊走邊將香不停地畫著太極圖形，口中念念有詞，神色顯得萬分凝重和緊張。

兩支火把閃爍的亮光在明堂內形成多元化的光影，這是一種奇怪的現象，這明堂內肯定有類似鏡子一樣的反光裝置，但是苗君儒朝四周看了一眼，並沒有找到可疑之處，只見到處都是影子，好像有很多鬼魅在跟著他們，使人平添了幾分恐怖的感覺。

經過另一邊的那座小石台時，苗君儒見那上面有一些方形的東西，像極了古代的一種樂器——缶，但是與缶又有些不同。

再往前走不了幾步，魯明磊停住了腳步，口中道：「完了！」

苗君儒聽得出他的聲音都在顫抖，忙問：「怎麼啦？你不是對這裏很熟悉嗎？怎麼……」

「我只進來過一次，那時墓神沒有被人驚醒，」魯明磊說道：「能不能闖過去，就看你手中的定海神針了，不管怎麼樣，這也是墓主的東西，希望能夠降得住他。」

苗君儒大驚：「你說什麼，墓主的東西，難道這是大禹的陵墓？」

所有的史料與文獻記載：「禹因病亡死，葬會稽。」大禹的陵墓應該位於浙江省紹興市東南的會稽山上。

大禹陵是全國祀禹中心。四千多年來，大禹陵總是俎豆千秋，玉帛相接，清廟巨麗，祭祀綿亙。歷代祭禹，古禮攸隆，影響巨大。自大禹的兒子夏啟開端，祭會稽大禹陵已有定例，夏王啟首創的祭禹祀典，是中華民族國家祭典的雛形。西元前二一〇年，秦始皇「上會稽，祭大禹」。歷代以來，由皇帝派出使者，帝沐齋禮來會稽祭禹者更多。到明代，遣使特祭成為制度。清代，康熙、乾隆又親臨紹興祭禹。民國時改為特祭，每年九月十九日舉行，一年一祭。

「誰又會相信大禹真正的陵墓會在這裏？」魯明磊後退了兩步，「墓神就是被他殺死的古越部落酋長防風氏。」

史料中稱：大禹把全國分為九州（即冀州、兗州、青州、徐州、揚州、荊州、豫州、梁州、雍州）進行管理，他還到南方巡視，在塗山（今安徽蚌埠市西）約請諸侯相會。禹為紀念這次盛會，把各方諸侯部落酋長們送來的青銅鑄成九個鼎，象徵統一天下九州。大禹在鞏固夏王朝統治過程中，還特別重視恩威並濟，加強教化。

當時，古越部落酋長防風氏，總想獨霸一方，自稱越人各部落之長，不聽大禹的命令。大禹在苗山大會上當眾命令將他處死，並暴屍三天。各地諸侯、方伯深知夏王朝的威力和大禹的神聖，再不敢冒犯大禹王。那些沒有參加朝見大禹王的氏族部落聽說此事，也紛紛向夏王朝進貢稱臣。

苗君儒問：「你是怎麼知道的？」

魯明磊又後退了兩步，好像有什麼東西在逼他一樣，他說道：「只要過了這一關，到了主墓室，你就知道了！快把定海神針給我……」

魯明磊說最後那句話的時候，顯得很吃力，眼睛都幾乎鼓了起來，腳步被一股力量壓著往後拖，整個人顯得很吃力。

苗君儒忙把手中的定海神針遞過去，魯明磊將火把遞給苗君儒，接過定海神針後，身子頓時穩住了。

魯明磊大聲朝前面叱道：「你睡你的覺，我走我的路，只怪我這位朋友不懂事，驚醒了你，我一再向你賠禮，難道你真的不肯放過我們嗎？」

前面的黑暗中傳來幾聲冷笑，聽得人毛骨悚然。

那定海神針在魯明磊的手中，放射出搖曳不定的白色光芒，在光芒的邊緣，隱約可見一股黑氣襲來。

魯明磊叱道：「好，你既然不願放過我們，我只好以我的道行和你拚上一拚了！」

說完後，他的左手持著定海神針，右手在腋下的黃布包裹摸索了一番，抓出一包黑色的粉末，向前面灑了過去。

黑暗中傳來一聲慘號，那聲音顯得異常的淒厲和痛苦。

魯明磊從布包中拿出一塊八卦銅鏡，咬破了舌尖，一口血噴在銅鏡上。那銅鏡立刻射出一道黃色的光線，像手電筒一般照向前面。

在黃色的光影中，可見到一個高大的黑色影子。那黑影似乎並不懼那光線的照射，仍在向前逼過來。

「這個墓神有數千年的修行，比千年殭屍要厲害得多，」梅國龍不知怎麼走到了苗君儒的身邊，低聲說道：「魯堂主，修道幾十年，道行也不淺，一開始就使出破血大法，會使這招道法的人並不多。」

苗君儒沒有聽過破血大法，也不知道這法術有多厲害，但是他知道道家典辭裏所說，舌尖乃人之精髓所在，代表著畢生的修行。用畢生修行的精髓之血施在法術之上，其法術的威力可想而知。

「顧不了那麼多了，」魯明磊說道：「我可不想我們幾個都死在這裏！」

黑暗中傳來一個男人陰冷的聲音，那聲音好像來自地獄，「你那點道行也想對付我？」

在歷次考古的過程中，苗君儒雖說見過不少難以解釋的神異現象。但是他從來不相信鬼神的存在，可是眼下這情景，他不知道要用什麼科學的方法來解釋了。

「啪」的一聲，魯明磊手中的銅鏡碎成了幾片，他吐出一口血，冷哼一聲，叫道：「你到底是誰？」

「你沒有資格問我，把定海神針給我，」那個聲音說道，黑影繼續朝前逼。

魯明磊說道：「邪不壓正，我不管你是人是鬼。」魯明磊的雙手持著定海神針，面色有些慘然地望著前面，從他的樣子看來，顯示受傷不輕，腳下的步伐有些飄忽了。

梅國龍已經抽出了手槍，搜尋著每一處可疑的地方，他從魯明磊的話中，聽出暗算他們的，也許是一個人，而並非墓神。

「我既是人也是鬼，」從一尊石像的背後走出一個人來，那人穿著清朝的服飾，雙手放在背後，一步步朝前面走來。

「你是誰？」魯明磊驚恐地問。

梅國龍將槍口瞄準對方，隨時扣動扳機。

突然一聲低吼，從旁邊閃電般竄過來一個黑影，向梅國龍當頭抓下。梅國龍也不是省油的燈，腳下一滑，退開兩尺，閃避過了黑影的當頭一抓，但是手上也傳來一陣地劇痛，慌忙用力把手抽了回來，但手上已是鮮血淋漓，那把槍到了對方的手中。

苗君儒看清那黑影，見是個頭高大，渾身長著黑毛的大猩猩。但是這隻大猩猩與他見過的大猩猩不同，從長相和直立的樣子上看，更貼近於類人猿。這三峽地域內，要麼是猴子，要麼是野人，還從未發現有大猩猩的蹤跡，這種動物應該生活於熱帶或近熱帶的叢林中。

「回來！」石像旁邊的那人叱道。那隻大猩猩迅速回到那人的身邊，身法極快。

「你究竟是什麼人？」魯明磊一步步地後退著。

「王驚天的血色玉扳指怎麼到了你的手裏，按幫內規矩，你犯下大逆不道之罪，是死罪！」那人說道。

「如果我沒有猜錯的話，你是盛長老，」魯明磊說道。他看到對方的右手上，戴著一枚黃色的玉扳指。

「有眼光，」那人說道：「我在這裏活了七十多年，還以為沒有人認得我，想不到還被你認出來了。」

「您七十多年前帶人尋祖輩的蹤跡進洞，就一直沒有出去，幫裏人都以為你死在這裏面了，」魯明磊說道，「想不到你還活著。」

「在這裏面，活著和死了沒有什麼區別，」盛長老說道，「若不是幾天前我被巨大的響聲驚醒，才懶得出來看呢！」

他所說的響聲，應該就是劉白帶著那些人用炸藥炸開機關發出的了。

他又走近前了些，苗君儒看清是一個乾瘦得如同骷髏的老頭子，人雖老，但兩隻眼睛卻精光四射，顯是內功深厚無比。

「七十多年前，我帶人進洞探路，下到第六層的時候，不巧中了機關，其他的人都死了，只有我還活著，可惜半身癱瘓，動都動不得，更別說走了。還好是小乖救了我，牠從洞外摘來山上的野果給我吃，並用罐子裝來山泉水給我喝，半年後，我終於可以走路了。」盛長老說道。

「那您為什麼不出洞去？」魯明磊問道。

「這半年的時間，我和小乖相依為命，已經習慣了這裏的生活，更何況，還被我發現了一個天大的秘密，」盛長老說道。

小乖是他替那隻類人猿取的名字。

苗君儒想道：除了下面那個神奇的地下空間和大禹的陵墓外，難道還有什麼更神秘的地方嗎？

「我前兩次進來的時候，怎麼沒有見到您？」魯明磊問道。

「那是我在閉關修煉，」盛長老說道，「誰都想成為鰲神，一統水神幫。」

魯明磊笑道：「可惜你終究晚了一步，本幫的鰲神已經產生了！」

盛長老厲聲問：「是誰？」

「王驚天的孫子王凱魂，」魯明磊說道：「據說他手上有了三位長老家族的《洛書神篇》，也不知道他怎麼竟領悟了裏面的奧秘，把自己變成了蟄神！」

盛長老怒道：「王李盛梅四家長老，自古以來都是代代相傳的，我家的《洛書神篇》還在我的手裏，其他三家的《洛書神篇》，怎麼會到了他的手裏？可惜我不能離開這裏，否則我一定殺了他。」

水神幫四大長老家族中，其中就有梅姓，苗君儒望了一眼梅國龍，終於明白他為什麼知道那些多幫內的秘密了。奇怪的是，梅國龍一開始為什麼不表明身分，而要刻意隱瞞呢？

他又想起了一個人，那就是與他有過幾面之緣的盛振甲，在潘教授死後，盛振甲那麼晚來找他，好像想探聽些什麼。從言語中，盛振甲好像知道一些內幕，否則也不會說出潘教授被逼死的話來，莫非盛振甲和這盛長老有什麼關係不成？

「我身後站著的這位，應該是梅家的後人，」魯明磊說道：「咸豐年間，四大長老先後失蹤，三位已經找到，就只剩下最後的梅長老了。」

咸豐年間距今已經七八十年，苗君儒實在想不到，站在他們面前這個看上去與魯明磊差不多年紀的盛長老，實際年紀已經超過了百歲。

「這麼多年了，梅長老肯定已經不在人世了，你說他是梅家的後人，哪點可以證明？」盛長老問道。

「就憑他知道我們幫內這麼多秘密，還有隻身進洞的氣魄，」魯明磊說道：「只是他拿不出梅家的證據。」

盛長老又上前幾步，凌厲的目光盯著梅國龍：「水神幫的秘密，只有幫內的人才知道，如果你不能夠證明你就是梅長老的後人，我立即殺了你！」

「祖父梅瑞民，生於道光十八年，乃水神幫第十七代長老，」梅國龍說道：「咸豐六年，幫中盛長老帶人入洞探路失蹤後，我曾祖父突然死於非命，之後王長老和李長老也相繼失蹤，同時失蹤的還有幫內的兩個堂主，祖父見幫內將要大亂，便出走離開了！」

盛長老問道：「這麼多年了，他到哪裏去了？」

「尋找龍脈，輔佐真命天子，」梅國龍說道：「祖父於同治年間到了廣東，見到了三龍入海之龍脈真穴，可惜所葬時辰與方位有所偏差，加上三龍入海之勢乃沙地，聚氣不足，真命天子時代不長。祖父便在那裏定居下來，以教書為生。」

苗君儒想起了潘教授留給他的信中，那把銅鑰匙是從一個姓梅的風水先生那裏得來的，莫非那個風水先生，就是梅國龍的祖父？這樣一來，那把銅鑰匙究竟有什麼用呢？

「說下去，」盛長老說道。

「光緒十三年，祖父夜觀天象，說北斗七星移位，煞星侵入正宮，此煞星必占天子之位，於是離家走，說是去尋訪，但這一去就沒有回來，」梅國龍說道：「兩年後，祖父來信說，已經找到九龍朝聖之地，乃舜帝南巡駐蹕之處。」

他說完後，從衣內拿出一枚綠色玉扳指。

「黃白紅綠，果然是梅長老的後人，」盛長老說道。

苗君儒見到那綠色的玉扳指，竟是上等的翡翠，他已經見過三枚代表長老信物的玉扳指，這玉扳指式樣都是一樣的。他猛地想起，自己的衣袋裏，也有一枚類似的扳指。

他從衣內拿出一個白色的玉扳指，這是他在小紅的房間裏發現的，原來他以為是偽政府市長劉顯中之物，現在想起來，這玉扳指一定是神貓李所有，至於怎麼到了劉顯中的手裏，估計只有神貓李本人才能夠回答了。

「你是李家的人？」盛長老問道。

「這是我在一個青樓女子的房間裏發現的，」苗君儒說道：「我也不知道為什麼會到了她的手裏。」

盛長老說道：「好吧，我不為難你們，把定海神針留下，你們走吧！」

梅國龍說道：「我們要靠這根定海神針，湊齊三件寶貝後，取出黃帝玉璧，以救民眾於水火之中。」

盛長老冷笑道，「自明代以來，黃帝玉璧已不在世間，水神幫的人找了幾百年都找不到，莫非你們能夠找得到不成？」

「這事說來話長了，」魯明磊說道：「聽說李長老和王長老的後人聯合起來，他們進了孝陵……」

他沒有再說下去。

「很好！」盛長老說道，「黃帝玉璧面世，將天下大亂，最終其亂必合！」

「您剛才說在這裏面發現了一個天大的秘密，是什麼？」魯明磊小心地問道。

盛長老並沒有回答魯明磊的話，而是說道：「上千年來，水神幫各長老進洞探路，都沒有辦法拿出定海神針，想不到竟被你們拿出來了，看來你們三人中，必有一高人！」

「我只是一個考古學者，並不是什麼高人，」苗君儒說道。

盛長老望著苗君儒，「定海神針乃神物，就算你們湊齊三件寶貝，也不見得能夠從幽冥世界中拿回那塊黃帝玉璧。」

苗君儒說道：「不去試一試，怎麼知道拿不回來呢？」

盛長老臉色一變，說道：「看來我只有殺了你們！」

若是動起手來，三個人都不是盛長老的對手，苗君儒想到，只有想辦法讓對方知難而退，可是用什麼辦法才好呢？

魯明磊拿著定海神針，往後退了幾步，正要說話，卻見眼前人影一晃，手上一陣劇痛，那根定海神針已經被那隻類人猿搶了去。

剛才他就是被這畜生給騙了，以為遇上了墓神，才使出道家最厲害的法術，哪知卻被躲在暗處的盛長老鑽了空子，不但用暗器打碎了他的銅鏡，還封住了他的穴道，使他血脈逆流，受了很重的內傷。

如果一開始他知道是人搞鬼，也不至於這麼被動。

盛長老拿著定海神針，仔細地撫摸著，低聲說道：「我終於拿到手了，兩個老鬼，你們鬥來鬥去，又有什麼用呢？最後還不是死在這裏？」

「當年他們為什麼要自相殘殺？」苗君儒問。

「因為他們也發現了那個秘密，」盛長老說道，「所有知道那個秘密的人都要死！」

「是你殺了他們？」魯明磊驚道。

「不錯，」盛長老說道，「我可不想他們也和我一樣，活到幾百歲！」

「你說什麼？」苗君儒問道，「你的意思是你可以活幾百歲？」

「彭祖能夠活八百歲，我為什麼不能夠活四百歲呢？」盛長老說道，「有了這根定海神針，我可以打開生命之泉，活上一千歲！」

據古代典籍記載，彭祖是顓頊的玄孫，相傳他歷經唐虞夏商等代，活了八百多歲。

苗君儒笑道，「你不想說出你發現了什麼秘密，可還是被我們知道了，如果我沒有猜錯的話，這裏一定有一處可使人長生的地方，這就是你為什麼不離開這裏的原因。」

苗君儒話才剛說完，他就立刻後悔了，李長老和王長老他們那幾個人，正是因為知道了這個秘密，才被盛長老殺掉的，他這樣說出來，接下來會發生什麼事呢？

「不錯，你猜對了，」盛長老說道：「你們想怎麼樣一個死法，是像李長老他們那樣和我拚一場呢，還是自己一頭撞死在這裏？」

「我們不想死，」苗君儒說道，「你確定你能夠用你手上的定海神針打開生命之泉嗎？你可知彭祖長生的秘密究竟在哪裏？」

苗君儒一邊說話，一邊想著如何對付盛長老的方法，就憑他從龍宮中取出定海神針這一點，盛長老就不敢小瞧他。既然盛長老說他是高人，他就「高」一次給對方瞧瞧。

「難道你知道？」盛長老問。

「那當然，我可是從龍宮中出來的人，」苗君儒說道：「單憑定海神針，是無法打開生命之泉的，如果使用方法不當，可使生命之泉瞬間枯竭，到時候你想長生也長生不了！」

「難道你知道正確的打開之法？」盛長老問。

「如果我不知道的話，也就用不著對你說這麼多了，」苗君儒說道：「如果你認為我是在騙你，你可以現在就殺了我們。」

盛長老冷笑道：「我隨時都可以殺掉你們，好吧，就讓你們多活片刻，如果你們幫不了我，我不但殺了你們，還要吃你們的肉！」

他說完後，轉身朝另一邊走去，那隻類人猿跟在他的身後，走路的樣子一歪一歪的，像一個上了年紀的老人。苗君儒首先跟了過去，魯明磊和梅國龍相視望了一眼，也跟了過去。情況已經是這樣，他們想逃也逃不了，幾個人的命，可都全押在苗君儒的身上了。

盛長老在牆壁上按了一下，隨著一聲響，在他們的面前開啟了一扇大石門。苗君儒跟著盛長老走了進去，在他沒有進去的時候，裏面是黑暗的，而他一進去，卻見裏面晃動著一線朦朧的光，依稀可看清裏面的情景，當梅國龍進來後，這裏面的光線又強了些，完全可看清這裏面的情形。他見這裏面四面的牆壁與別的地方不同，用手一摸，觸手冰涼。

「別摸了，這裏的牆壁都是玉的，有反光作用，」盛長老說道。

「這裏是主墓室，」魯明磊低聲像是在對梅國龍說，走在他們前面的苗君儒也聽得一清二楚。

就算魯明磊不說，苗君儒也知道這裏就是主墓室，墓室中那口白色的玉石棺，已經明白無誤地告訴他了。

苗君儒曾經挖開過戰國之前的古代墓葬，有的是用木棺，屍骨早已經化成泥土了，也有的是石棺，那種石棺的石質都不錯，可是石棺打開後，裏面能夠剩下幾根土黃色的骨頭，就算不錯了。

玉棺他倒是聽說過，但沒有見過。眼前的玉棺，長約四米，寬約二點五米，高約一點五米，就放在墓室的中間。玉棺的周圍，沒有任何東西，就算有，也被人搬走了。在玉棺的前面，有一塊寬約一點五米，高約二米，顏色為深黑色的碑石，估計那碑石也是玉的。

這麼大的墓室內，只有這一口玉棺和那玉碑，顯得單調而空蕩。

苗君儒見過躺在石棺中的盤魚女，死了數千年的人，如同睡著了一般，不知這玉棺中的大禹，會是什麼樣子。

他見盛長老把定海神針放在玉棺旁，雙手扶著棺蓋，好像要打開的樣子。過了一會兒，他對苗君儒說道：「你既然是考古學者，來看這玉石碑，上面的文字你看得懂嗎？」

幾個人都走到石碑的正面，苗君儒見石碑的表面雕刻著一些文字，這些文字比他所見過最古老的文字還要古老。

到目前為止，國內考古界一致認為中國最古老的文字就是刻在骨頭上和龜背上的甲骨文，從目前發現的甲骨文來看，出現甲骨文的年代時，甲骨文的發展已十分完善成熟。有的考古學家曾經大膽推測，在甲骨文之前總有一個文字演變過程。

按《說文・敘》：「古者庖犧氏之王天下也，仰則觀象於天，俯則觀法於地，視鳥獸之文與地之宜，近取諸身，遠取諸物，於是始作《易》八卦以垂憲象。及神農氏結繩為治而統其事。庶業其繁，飾偽萌生。黃帝之史倉頡，見鳥獸蹄迒之跡，知分理之可相別異也，初造書契。」

黃帝時代文字產生了，有了書寫與契刻的文字，而神農氏時代則還處在結繩記事階段，庖犧氏的表意方法更原始，大概只有陰陽卦符了。這段文字裏寫到「近取諸身」、「遠取諸物」，有時候，能夠從古老的甲骨文中找到許多象形符號，應該說甲骨文之前有一個圖畫符號的階段是符合文字發展規律的。

中國的甲骨文，和世界上被發現的最古老埃及文字，蘇美爾的楔形釘頭文字一樣，在它們的演變過程中都沒有找到早於這些文字的源頭。雖說在不少地方發現了上萬年前的壁畫，但是考古界認為那些古老的岩畫純粹是圖畫，不能說與文字有直接的發展關係。

古埃及文和古楔形釘頭文字已經徹底死亡了。現今這些地區使用的表音文字，在語詞上可能與古老的文字存在一定的淵源關係，然而在文字上已沒有聯繫了。唯獨漢語漢字，一直秉承甲骨文字的特性，在象形的基本漢字的基礎上，向合體、向會意、指事、形聲方向發展，在使用中更創造了轉注和假借。

所以，國內的考古學家們在研究古代文字的時候，都從那幾個方向去理解，從而揣摩出古代文字代表的意思。

苗君儒的神色開始緊張起來，他望著石碑上的字，其實從另一個角度看，那些字與甲骨文有所不同，但也不同於他見過的那些岩畫。那時候的人用石頭等工具在上面雕刻，由於石頭本身粗糙，故所刻的字顯得粗狂簡潔，有許多地方是以符號形式出現，而且許多是抽象符號。但有不少地方卻與象形文字類似，卻又有些不同。

「我看了七十多年都沒有看懂，」盛長老說道，「我懷疑它就是真正的禹王碑。」

「禹王碑不是在長沙嶽麓山上嗎？」梅國龍問道。

最早發現禹王碑的地方確實是在長沙嶽麓山岣嶁峰，又稱岣嶁碑，寬一百四十釐米，高一百八十四釐米，碑文九行，前八行每行九個字，最後一行只有五個字，共七十七個字。字體奇古難辨，如行走龍蛇，似蜷身蝌蚪。

有人稱這些文字為蝌蚪文，有的人稱為鳥篆。

明末嶽麓書院院長，人稱嶁山先生的吳道行在他的《禹碑辨》中說：考《吳越春秋》，載禹登衡山，夢蒼水使者，授金簡玉字之書，得治水之要，刻石山之高處。此禹碑之所從來久矣，歷千百年無傳者，道士偶見之，韓文公、劉禹錫索之不得，致形之詩詞。宋嘉定壬申（一二一二），何致遊南嶽，遇樵者導引至碑所，始摹其文……

由此可見，嶽麓山上的禹王碑，也是後人仿造的。

千百年來，沒有人認得那碑上的字，據說大文豪郭沫若花了三年的時間來研究，也僅認得三個字。

潘教授也曾把那些拓下來的文字拿去研究，認為那上面的文字為夏代官方文字，早於商周金文。這種文字到戰國末期逐漸消亡。秦漢文字改革後，就沒有人認識了。

國內很多地方都發現有禹王碑，碑上的字跡相同，那些都是後人仿造的。

苗君儒看著這塊玉石碑上的文字，確實與他見過的禹王碑拓本上的文字，在字形上有相似之處，但由於字體粗糙，有些線條粗細不等，所以看上去有一些不同。這塊碑石上的字上下各為九，共八十一個字。

所有發現的禹王碑上，都只是七十七個字，為什麼這裏有八十一個字呢？

潘教授也認為，禹王碑上的字，應該是與大禹治水有關的，每個字所包含的意思，相當於現代的幾個字，甚至幾十個字，若沒有一定的悟性，是無法領悟內中含義的。

盛長老說得不錯，這應該是真正的禹王碑。

苗君儒用手摸著碑上的字，說實在的，他也不認得。他看著最後的那四個字，那四個字與其他的字並無太大的區別，應該是同期間刻上去的。

為什麼後人仿造的禹王碑上，會少這四個字呢？

他的手從上面往下摸，當碰到那四個字的時候，奇蹟出現了。

從那四個字閃現出一條條黃色的光線，每一筆劃就是一條光線，那光線出現後，並不聚攏，像一隻隻在水裏游動的大蝌蚪，有順序地圍著石碑游動著。

游動的方向，是從左往右的。

苗君儒發現石碑上的那四個字此時竟不見了。想必有人最早拓下這塊石碑上文字的時候，也是碰到了那四個字，字變成光線消失後，只拓下了七十七個字。

從那以後，所有的禹王碑，都只有七十七個字。

大蝌蚪越游越快，最後形成了一個光圈，光圈上到碑頂後，慢慢向下移動，所到之處，石碑發生了變化，上面的文字也發生了變化。

這石碑的表面出現一層層漣漪，如同一汪清水，那些字便如同浮在水面上一般，微微顫動不停。那些字漸漸地分離開來，一個字變成好幾個字，而且上下左右的順序也發生了變化。

這樣一來，就變成了一個又一個的象形文字。

雖然大多數文字他能夠理解，但是有不少文字他還是不認得。

不過沒有關係，碑文的大致內容，他已經明白了。果真是與大禹治水有關的。碑文中也提到盤魚女，她是大禹的妻子，輔助大禹治水。

據史料記載，大禹的妻子是塗山氏一個叫女嬌的女子，女嬌生子名啟，啟就是夏朝的第一代君王。盤魚女在史料中並不存在。

碑文中還提到大禹殺防風氏就是為了立威，令各部落臣服，鑄九鼎立國。

苗君儒暗驚，大禹在立威和立國的背後，未曾不是大禹的稱霸之野心。也許那個時候，大禹就已經有了將位子傳給兒子的想法，對那些不服從他的人，採取了殺戮的手段。

在大禹之前的堯、舜二帝，都是以德服人，而並非依靠殺戮。禹接位後，中原各部落逐步形成以他為中心的領導集團，他在這個集團中的地位已初具王權性質。他讓治水時專司刑罰的皋陶制定了一些規定，各氏族部落如有不聽號令者，就要以刑罰來懲辦。不僅如此，他還有組織的對不聽教化多次叛亂的苗族進行征伐，打敗了苗軍，殺死了三苗酋長。舜死後，禹守孝三年，仍按傳統的禪讓制把帝位讓給舜的兒子商均。但是他的親信勢力實在太大，結果「天下諸侯皆去商均而朝禹。」禹於是再即天子位。

這一招確實夠絕的，表面上的功夫做得非常到位，自己稱霸的目的達到了，還不讓人留下話柄。

在碑文的最後，提到大禹也想長生不老，並最終尋得仙方，修墓與盤魚女永世相伴。

光圈漸漸消失，石碑也恢復了原樣。苗君儒看著身邊的幾個人，見他們一個個仍呆呆地看著石碑，一副很茫然的樣子。

盛長老第一個清醒過來，問道：「你看懂了嗎？」

苗君儒說道：「明白了六七分，碑文內容確實與他治水有關。」

「不虧是高人，果然與眾不同，」盛長老說道：「好，我們這就進去！」

他轉到玉棺的面前，雙手剛扶著棺蓋，他的側面牆壁上突然開了一扇門，從裏面走出兩個人來。

苗君儒一看到那兩個人，驚道：「怎麼是你們？」

從門內出來的兩個人，正是置他和兩個孩子的生命不顧，隻身逃走的王凱魂和劉白。

「你們是什麼人？」盛長老喝問。

「你又是什麼人？敢這樣對我說話？」王凱魂怒道，他的手中沒有了那朵不死還魂草，估計被他吃了。

他們兩個人趁苗君儒引開那些吸血蝙蝠，逃離那裏後。在石門後面躲了一會兒，王凱魂想回去看一看苗君儒死了沒有，那根定海神針是他夢寐以求的寶物，從龍宮內拿出來了，可不能白白丟在這裏。

開啟石門後，他們並沒有見到苗君儒，由於他們害怕遭到吸血蝙蝠的攻擊，趕緊離開了。他們在通道內轉來轉去，不想竟轉到這裏來了。

「參見蟄神！」魯明磊走上前，朝王凱魂躬身道。他這麼做，其實是做給盛長老看的。他接著說道：「請恕屬下送那些童男童女來遲了，差點……」

「免了，你怎麼也進來了？」王凱魂叱問。

「本堂口一直守衛著神女峰的秘密，前兩日見那麼多人進來，便跟進來了，」魯明磊說道。

王凱魂正要說話，只見盛長老微微做了一個手勢，那隻類人猿突然騰空向王凱魂撲了上去。

「孽畜！」王凱魂叱道，揮手迎了上去。

兩道影子一碰即分，那隻類人猿號叫著退回到盛長老的身邊，雙臂耷拉著，顯然受傷不輕。

王凱魂看清盛長老身旁的定海神針，還有手上的那枚黃色玉扳指，說道：「你也是水神幫的人，是盛家的！」

「你是什麼人，回答我！」盛長老厲聲問。

「你剛才不是聽到有人叫了嗎？」劉白大聲道：「見了螯神，還不下跪？」

「螯神！」盛長老操起定海神針，踏前了幾步，說道：「我先殺了你這螯神！」

王凱魂冷笑著說道：「有本事就來試一試啊！」

王凱魂在下漩渦的時候與鼉龍一戰，已是損耗不小，進入龍宮後又中了大怪魚的毒，使他完全失去了異能，變成了一個普通人。和苗君儒他們從龍宮中逃出來，他原想出去後再下手殺了苗君儒，把定海神針拿到手。他第一眼看到那石盆中花，就認出是《洛書神篇》中所說的不死還魂草，這種草是彙集千年烏龜的靈氣長成，除了可以令死人復生外，還可令生人變成半仙。

王凱魂把不死還魂草吃掉之後，頓時覺得體內充滿了真氣，身體變得非常輕盈，走起路來飄飄欲仙。剛才他與那隻類人猿交了一下手，只一個回合就打折了那畜生的右手。

盛長老也不敢怠慢，從小乖受傷的情況，他已經看出王凱魂的實力，何況此前魯明磊已經告訴了他，王家的後人是怎麼參透《洛書神篇》的玄妙，成為了蟄神的。他說道：「當年我為了保住長生不老的秘密殺了你爺爺，現在殺了你，水神幫內，就唯我獨尊了。」

「什麼？你殺了我爺爺？」王凱魂從小只知道他爺爺失蹤了，哪知是被人殺了。幫內四大長老家族自古就不合，你爭我鬥，但還不至於到血肉相殘的地步。

「我不但殺了王驚天，還殺了其他的幾個人，」盛長老已經打定主意，不管能不能殺得了王凱魂，都要拚上一拚。

王凱魂聽盛長老這麼說，早已經火冒三丈，再也忍不住，奮身撲向前。

盛長老手中的定海神針上出現一溜藍光，他凌空畫了一個圓弧，在他的身體周邊出現一個藍色的光圈，但是王凱魂的身影如同鬼魅一般，衝入了光圈之中。

兩個人影迅速纏在了一起，在藍光之中飄忽不定，苗君儒他們根本看不清誰是王凱魂，誰是盛長老。

墓室內捲起一陣狂風，吹得旁邊的人手中的火把呼呼作響。一聲悶哼之後，藍光消失。王凱魂步履踉蹌地往後退了好幾步，「哇」地張口吐出一大口血。他手中拿著定海神針，怔怔地望著盛長老。

再看盛長老，只見他的動作很緩慢地往後退了兩步，緩緩說道：「不虧是蟄神，幾百年來，水神幫群龍無首，四大長老家族各自行事，如今要看你的了，聽說你手上已經有了三家的《洛書神篇》，我索性把我的這些都給你。」

他伸手入懷，拿出了幾片黑黃色的竹片。

苗君儒看到盛長老的腳邊有血跡往旁邊蔓延開來，見盛長老伸手入懷的時候，整個胸部明顯凹了進去。

「你早來了半個時辰，如果讓我打開生命之泉，請那位高人破解了裏面的玄機，我就天下無敵了，可惜人算不如天算，就算我現在打開生命之泉也沒有用，我全身的骨骼和經脈都已經被你震碎，」盛長老說道：「我死後，這個秘密永遠沒有人知道！」

「你說什麼，生命之泉就在這裏嗎？」王凱魂大驚。

「我有幾句話要說給那個高人聽，」盛長老盤腿坐了下來，對苗君儒說道，「你過來！」

苗君儒走了過去，聽到盛長老的聲音細如蚊蚋，卻清晰入耳：「要想進入幽冥世界，拿到那塊黃帝玉璧，必須切記三件事，就是佛祖在上，誠心向佛，捨身成仁。」

王凱魂一步步走了過來，說道：「告訴我怎麼樣打開生命之泉！」

盛長老並不理會王凱魂，從手上取下那枚黃色玉扳指，遞給苗君儒，說道：「你有時間去遼寧開原，找到我盛氏子孫，將此玉扳指交給他們，記著，我嫡系子孫的左臂上，有一個龍形刺身……」

盛長老已經氣若遊絲，張了張口，再也說不下去。

苗君儒接過黃色玉扳指，說道：「你放心吧，只要我有命回到北平，一定去一趟，幫你把玉扳指交給他們。」

王凱魂厲聲問道：「快點告訴我，要怎麼樣才能打開生命之泉，否則我殺了他！」

盛長老緩慢地用手指了指那口玉棺後，臉上露出一抹詭異的微笑，手一垂，已經溘然而逝。那隻類人猿低鳴著走過來，單手將盛長老背在背上，朝王凱魂他們進來的那扇門出去了。盛長老手上的那幾片竹簡落在王凱魂的腳邊，被他撿了起來。

「他對你說了什麼？」王凱魂問苗君儒。

「也沒說什麼，」苗君儒說道：「他說要想進入幽冥世界，拿到那塊黃帝玉璧，必須牢記佛祖在上，誠心向佛和捨身成仁這三件事。」

「哦，看來我還不能把你殺掉，」王凱魂說道：「你能夠進入龍宮拿到定海神針，一定也能夠進入幽冥世界。」

說完後，他走到玉棺的旁邊，仔細端詳了一下玉棺，放下手裏的定海神針，雙手扶住棺蓋，用力一推。

棺蓋緩緩移開後，從裏面冒出一股白色的霧氣，王凱魂本能地往後退了幾步。身為民間盜墓第一人，他早就看出玉棺內有不同尋常的東西。

待白色的霧氣散去後，他走到玉棺前，不料裏面的情形竟出乎他的預料，玉棺內空空如也，什麼東西也沒有，更別說躺在裏面的死人了。

王凱魂見多識廣，棺內沒有人那是正常的，他以前所盜的那些大墓葬，有的是裏面的人爛沒了，有的是裏面根本沒有人。就拿他四十年前挖開的十四座曹操的墓葬來說，棺材裏面只有幾件衣服。民間傳說曹操的墓葬有七十二處之多，也不知道哪一處是真的。

他有些謹慎地拿著那根定海神針，往玉棺內探了探，東戳一下西戳一下，仔細分辨裏面的聲音。

其他的人站在旁邊，也不敢走得太近。

苗君儒見禹王碑上的那四個字，竟又奇蹟般的回到了碑上。

王凱魂又用手在玉棺的邊沿摸了幾下，自言自語道：「奇怪！」

「稟蟄神，這玉棺下面肯定有機關密道，」站在王凱魂身後的劉白說道。

「你既然說有機關密道，那你來打開，」王凱魂冷然道：「我不喜歡有人自作聰明，你師傅沒有教你嗎？」

劉白自知失言，忙低頭退到一邊去了，並偷偷看了魯明磊一眼。魯明磊的眼神，只在王凱魂的身上。

王凱魂在玉棺邊沿摸索了一陣後，雙手扶著玉棺，用力前後一推，眾人只聽得「嘎嘎吱吱」幾聲響，那塊禹王碑漸漸沉了下去。與此同時，大家覺得腳下一晃，整個墓室似乎都晃動起來。

「不好，這裏要塌了！」

苗君儒忙將兩個孩子摟在懷中，對魯明磊說道：「我們快點出去！」

王凱魂站在玉棺前，眼見著玉棺也沉了下去，無比遺憾地說道：「我王凱魂破解過那麼多墓道機關，想不到今日栽在這裏，其實這玉棺就是開啟生命之泉的門，我怎麼忘了陰陽二氣之理，兀自觸動了自毀機關！」說完後，忙轉身往來時的那扇石門衝去。劉白跟在他的身後。

墓室頂部不斷有粉塵和沙土下落，魯明磊對苗君儒說道：「我們走另外一邊！」

他首先抱起一個孩子，走向玉棺的左邊，用手在牆上一按，石壁上出現一道門。苗君儒抱著另一個孩子，在經過玉棺的時候，見玉棺已經完全沉了下去，從下面滲出水來。那水來勢太快，瞬間已經漫過了腳面。

進門後，都是往上去的台階，他們手中的火把漸漸熄滅，幾個人幾乎是摸著黑往上爬。在他們的身後，傳來極大的聲響。

魯明磊一邊走一邊說道：「跟著我，快點走，不要停！」

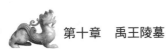

當苗君儒拿著那根定海神針的時候，走多久都不會吃力，可是眼下不但速度要加快，而且手上還抱著一個孩子。爬了上百級台階，苗君儒已經累得氣喘噓噓！

又往上爬了幾十級，他實在走不動了，剛要坐下來歇會，身後的梅國龍伸手把他手上的孩子接了過去，說道：「苗教授，不要停，用不了多久，整個山峰都要塌掉。」

「你怎麼知道？」苗君儒問。

「有命逃出去再告訴你！」梅國龍說道。

苗君儒打起勁，往上繼續爬去，這時，他們手中的火把完全熄滅了，只能憑著感覺，一步步地往上爬。也不知道過了多久，終於看到前面有亮光了，又往前走了一陣，來到一處天然的溶洞中，亮光是洞口照射進來的。

苗君儒興奮地衝到洞口，往前一看，頓時傻眼了。前面並沒有路，往下是幾十米高的峭壁，峭壁的下面便是濤濤江水。洞口有藤蔓遮掩著，若從江面上看，是無法發現這裏的。

他並沒有看到，在江對岸的一處山坡上，站著幾個人，其中一個穿著中校軍服的人，正用望遠鏡看著這邊。

腳下的震動越來越強烈，洞壁上不斷有石塊往下落。

「快跳呀！還猶豫什麼？」魯明磊說完，用腰帶將兩個孩子和自己綁在一起，第一個跳了出去。

苗君儒深吸一口氣，大叫著跳出洞外，他的身體急速下落，周圍的景物在眼前晃動，耳邊除了「呼呼」的風聲，聽不到任何聲音。

身體落入水中的時候，頓時感到一股強大的力量向他壓來……

請續看《搜神異寶錄》2洛書神篇

搜神異寶錄 之1 黃帝玉璧

作者：婺源霸刀
發行人：陳曉林
出版所：風雲時代出版股份有限公司
地址：10576台北市民生東路五段178號7樓之3
電話：(02) 2756-0949
傳真：(02) 2765-3799
執行主編：劉宇青
美術設計：許惠芳
行銷企劃：邱琮傑、張慧卿、林安莉
業務總監：張瑋鳳

初版日期：2017年7月
初版二刷：2017年7月20日
版權授權：吳學華
ISBN ：978-986-352-464-9
風雲書網：http://www.eastbooks.com.tw
官方部落格：http://eastbooks.pixnet.net/blog
Facebook：http://www.facebook.com/h7560949
E-mail：h7560949@ms15.hinet.net
劃撥帳號：12043291
戶名：風雲時代出版股份有限公司

風雲發行所：33373桃園市龜山區公西村2鄰復興街304巷96號
電話：(03) 318-1378
傳真：(03) 318-1378
法律顧問：永然法律事務所 李永然律師
北辰著作權事務所 蕭雄淋律師

行政院新聞局局版台業字第3595號 營利事業統一編號22759935

定價：280元　特惠價：199 元

國家圖書館出版品預行編目資料

搜神異寶錄 ／ 婺源霸刀 著. -- 初版. -- 臺北市：
風雲時代，2017.06-　冊；公分

ISBN 978-986-352-464-9（第1冊；平裝）

857.7　　106006481